LA LUMIÈRE DU NORD

DU MÊME AUTEUR

FANTASTIQUE

Romans

La Première Ile, A. Michel, 1951.
Le Guerrier de pierre, Grasset, 1969 et Livre de Poche.
Le Lieutenant perdu, Grasset, 1972.
Le Prince de la Terre, Grasset, 1980.

Nouvelles

Aux couleurs de la nuit, A. Michel, 1955.
Opéra massacre, Grasset, 1965.
Déja la neige, *précédé de* Discours du fantastique, Grasset, 1974.

Essais

La Littérature fantastique en France, A. Fayard, 1964.
E.T.A. Hoffmann, Julliard, 1979.

ROMANESQUE

Le chasseur vert, A. Michel, 1949 et Livre de Poche.
Les Colonnes du temple, Grasset, 1962.

INTIME

Entre deux vanités, Grasset, 1967.
Sur une étoile, Grasset, 1976.

MUSICAL

Schubert, Le Seuil, Coll. Solfèges, 1955.
Wagner, Le Seuil, Coll. Solfèges, 1959.
La Symphonie imaginaire, Le Seuil, 1981.

MARCEL SCHNEIDER

LA LUMIÈRE DU NORD

nouvelles

BERNARD GRASSET
PARIS

LA LUMIÈRE DU NORD

Mes cousins de la Forêt-Noire étaient beaucoup plus que mes cousins : des intercesseurs auprès de je ne sais quelles divinités. En communion avec les autres règnes, ils savaient se concilier l'amitié des arbres et des pierres. Je les retrouvais chaque été ; c'étaient là mes vraies vacances. Les semaines que je passais à la campagne ou au bord de la mer avec mes parents me paraissaient fades en comparaison. J'avais sept ans quand je me rendis à Fribourg pour la première fois et tout m'enchanta, l'aspect des rues, l'odeur des maisons, la brusquerie, la placidité ou la gentillesse bourrue des gens que je voyais. C'était un monde nouveau, déconcertant, où je ne me sentais pas déplacé tout en n'étant pas chez moi. J'attendais avec impatience le retour de la belle saison ; le reste de l'année, je me répétais « Forêt-Noire, Forêt-Noire » et la magie de ce nom dressait devant moi un décor de montagnes qui me rendait les sapins plus denses, les sommets plus abrupts, les lacs plus sombres que la nuit des temps.

Nous parcourions sans fin les environs de Fribourg. Le Waldsee, le Schlossberg, le Rosskopf n'avaient pas de secrets pour nous. Le soleil de juillet devait briller souvent sur ces excursions, sur ces promenades; pourtant quand elles me revenaient à la mémoire pendant les heures de classe où je m'ennuyais ou quand je rêvassais dans ma chambre, je ne revoyais pas de jours clairs et transparents. Les paysages étaient comme embués de larmes, au bord d'un crépuscule éternel. C'était aussi ce que j'aimais ; ce qui répondait à mon inexplicable nostalgie, car enfin j'étais heureux à la maison où mes parents me choyaient. La Forêt-Noire incarnait mon secret d'enfant.

De quelques années plus âgés que moi, Rolf et Marguerite m'étaient à la fois étranges et familiers, comme des esprits de la nature, des êtres très proches et très lointains, des plantes douées de sensibilité humaine. Dans mes songeries, Rolf m'apparaissait comme un frêne et Marguerite comme un peuplier – frêne un peu magicien, peuplier un peu fée qui vivaient de leur propre existence sans se soucier de moi. Je ne les en aimais que davantage. A ma dévotion pour eux se mêlaient de la stupeur et aussi le sentiment désespérant que je n'arriverais jamais à me faire aimer comme je l'aurais désiré. J'aurais voulu inquiéter leur cœur, hanter leurs rêves, et je n'étais pour eux qu'un enfant insignifiant qu'ils aimaient bien sans doute, mais distraitement, sans lui attacher d'importance. Tout m'attirait en eux, leur français très pur, mais désincarné, leurs façons d'agir silencieuses et détachées, leur beauté, leur force tranquille. Tout en eux me demeurait mystère; plus je m'efforçais de les comprendre, plus je m'attachais à eux qui n'avaient pas l'air de s'en apercevoir. Personne ne pouvait servir de lien entre eux et moi. Leur mère, qui était la sœur préférée de la mienne, était morte dans un accident de voiture en 1930 – j'avais neuf ans. Du coup, mes parents espacèrent leurs visites pour les annuler tout à fait quand Hitler eut décidé la remilitarisation de la rive gauche du Rhin. Mon père, un ancien combattant et qui parlait sans cesse des années de guerre, estima que tous ses camarades étaient morts pour rien si les canons allemands pouvaient menacer Strasbourg. Sans les instances de ma mère qui plaida ma cause, il m'aurait interdit de retourner à Fribourg.

Mon oncle Herbert m'intimidait au point que j'osais à peine lui poser de questions. Distant, un rien solennel, d'une courtoisie sans égale, il ne pouvait servir d'intermédiaire entre ses enfants et moi. Il m'aurait fallu un complice, je ne trouvais qu'une ombre bienveillante. Professeur à l'université où il enseignait la civilisation française de la Renaissance et du classicisme, il appartenait à cette race d'Allemands que fascinent nos artistes et nos écrivains. Je crois bien qu'il avait épousé la sœur de Maman, moins par entraînement sentimental que pour avoir à demeure ce qui justifiait son existence : une Française cultivée qui lui rappelait Mme de La Fayette ou la marquise de Sévigné. C'est du moins ce que prétendaient mes parents qui n'avaient jamais approuvé ce mariage. Avec ses yeux très bleus, son regard intense et fixe, ses longs cheveux grisonnants qu'à la manière des musiciens et universitaires allemands de jadis il portait assez longs, il ressemblait à un Schumann qui aurait survécu à la folie ; la perte de sa femme avait, il faut le dire, agi sur lui à l'instar de la folie.

Je ne le voyais guère qu'à l'heure du dîner ; il semblait résigné à vivre à côté de lui-même, ce qui ne mettait pas beaucoup de chaleur ni de liant pendant les repas. Il avait pourtant le goût de la conversation, des devinettes et de la plaisanterie érudite. C'est ainsi qu'en souvenir de la reine de Navarre à laquelle il avait consacré sa thèse de doctorat, il appelait souvent sa fille la « Marguerite des Marguerites » ou la « Marguerite des princesses » et souriait comme s'il venait d'inventer le jeu de mots, alors qu'il avait donné le nom de Marguerite à sa fille à cause de la sœur chérie de François Ier.

Tant de retenue dans les propos m'en imposait et je trouvais à mon oncle Herbert, à la maison où il vivait, et à l'atmosphère qu'il y avait créée un air de hauteur, une noblesse, une élégance qui m'impressionnaient, que je jugeais bien supérieurs à tout ce qui pouvait se dire ou se faire chez nous. Maman avait beau se prévaloir de la beauté de son argenterie, de l'éclat qu'elle conférait aux dîners que mes parents donnaient une fois par mois, et de la présence d'une esquisse de Delacroix et d'un petit Gustave Moreau que nous enviaient, paraît-il, tous les invités, cela ne surclassait pas à mes yeux la distinction studieuse et un peu désolée de la maison de Fribourg et j'en parlais en baissant la voix comme on fait à l'église.

Ce n'est pas par hasard que je parle d'église : les questions théologiques et religieuses passionnaient mon oncle. Le mysticisme que montrait Marguerite d'Angoulême dans ses comédies pieuses l'attirait bien plus que son talent de conteur dans *l'Heptaméron*. Il nous le disait si souvent, et sous des formes si variées, que moi qui n'avais lu aucune des œuvres de la princesse, j'aurais pu faire une dissertation sur le sujet et m'en tirer avec honneur. Il aimait à citer ces vers :

D'amour je vis : car rien ne sens en moi
Que toi, Seigneur, qui es mon âme et vie.
Mon âme perd le sentiment de soi,
Car par amour en toi, elle est ravie.

« La reine de Navarre s'adresse à Dieu », ne manquait-il pas de préciser, comme si nous risquions de donner un sens terrestre et charnel à la déclaration. Mais comme il regardait alors sa fille en souriant – et ce sourire de complicité me pinçait le cœur – je me demandais si dans son esprit ma cousine ne se substituait pas à la reine de Navarre et s'il ne la regardait comme une sorte de porte-parole, d'intercesseur auprès de Dieu. Je n'en vénérais que plus ma bien-aimée Marguerite.

Fribourg m'attirait aussi pour des raisons qui n'avaient rien à voir avec la religion. Mes cousins jouissaient d'une entière liberté. J'en profitais également quand je séjournais chez eux et ce sentiment, nouveau pour moi qui étais à Paris étroitement surveillé, contribuait à me griser. Rolf et Marguerite, ne se sentant à l'aise que sur les sentiers de la Forêt-Noire, semblaient ne jamais se lasser de prendre pour buts apparents de leurs errances les mêmes châteaux en ruine, les mêmes rochers, les mêmes lacs. Aussi, levés de bonne heure, allions-nous rejoindre, tous les jours que Dieu faisait, telle prairie, telle forêt à qui mes cousins donnaient de fervents rendez-vous. Rolf marchait devant, en quête d'on ne sait quoi, nonchalant ou fiévreux, jamais apaisé. Quand il s'arrêtait, c'était pour tenir des soliloques véhéments où je ne comprenais pas grand-chose, qu'il se servît de l'allemand ou du français, mais qui troublaient Marguerite. Elle regardait son frère avec anxiété, frémissait, pâlissait parfois, tâchait de l'interrompre, mais gardait le plus souvent le silence. D'ailleurs elle ne parlait guère, sinon pour dire des choses ambiguës qui me ravissaient. Elle disait ainsi : « J'aime les soirs qui changent de signes » ou bien : « Les arbres qui se trompent de saison verront se geler leurs fleurs » et encore : « Le soleil changera de demeure et tu seras toujours là. » Ce n'est pas à moi qu'elle s'adressait, mais je me plaisais à croire que ces mots m'étaient destinés et je me répétais : « Oui, je partirai et je ne te quitterai pas, je resterai et je ne serai plus là » et autres propos que je notais dans mon carnet. Il me semblait qu'à imiter ses tours de phrase et son style, je la chérissais davantage et que par cette magie naïve je la forcerais à m'aimer. Les années passaient, je lui restais fidèle. Ma mère me taquinait à ce sujet. Prêchant le faux pour savoir le vrai, elle me reprochait d'être plus attaché à Marguerite qu'à elle-même, alors qu'elle aurait dû tenir la première place dans mon cœur. Je niais afin de protéger mon secret et de pouvoir dire encore : je resterai et je ne serai plus là.

Je suis resté et pourtant je ne suis plus auprès

d'elle. Ou bien y suis-je encore à mon insu ? Qui saura si elle est partie avec ou sans moi ?

J'étais un garçon réfléchi et distrait, grave et plutôt silencieux. Ce qu'on voulait me cacher n'excitait pas ma curiosité, ce que je découvrais par moi-même suffisant à mon contentement. La place vide de ma tante m'apparaissait comme un manquement à l'ordre naturel, pourtant il ne me serait pas venu à l'esprit que mon oncle songeât à se remarier. Je savais ce qu'était la sensualité, mais l'amour, croyais-je, ne tourmentait que la jeunesse, et mon oncle me paraissait trop rassis, trop installé dans le veuvage pour y songer encore. Je me trompais.

Un été – c'était en 1936 – je trouvai la place de tante Hélène occupée par une dame très belle, grande, svelte et blonde, habillée avec une élégance qui me parut déplacée dans l'intérieur austère, dont les livres constituaient le seul ornement, où vivait mon oncle. Il eut beau me dire : « Voici ta tante Thécla. Je suis sûr que vous allez faire une paire d'amis », je ne ressentis qu'aversion pour la trop séduisante Suédoise. On dira que mes parents avaient prévenu mon esprit. Nullement. Quand une lettre d'oncle Herbert leur eut appris sa décision, ils se contentèrent de hocher la tête. S'ils commentèrent l'événement, comme je le présume, ce fut en tête à tête. Je fus d'emblée hostile envers l'intruse, car la seule idée que Marguerite dût souffrir de ce remariage excitait en moi cette défiance. Ce fut bien pis quand je vis tante Thécla : je sentis en elle l'ennemie. Je n'en laissai rien paraître. M'aurait-on demandé pourquoi, je n'aurais pas su répondre et l'on se serait moqué de moi.

Mon oncle Herbert, lui, souriait aux anges. Il aimait sa seconde femme d'un amour émerveillé, presque servile, profondément charnel : je le voyais dans son regard, et je me demandais avec honte si je dévisageais Marguerite de cette façon-là. Thécla se laissait adorer, admirer avec complaisance. « Tu es ma lumière du Nord », lui dit-il un soir qu'il venait d'écouter de la musique. J'étais atterré. Mes cousins ne bronchèrent pas. Je n'avais pas vu la lumière intense et sans couleur, le poudroiement d'une pureté glacée qui environne les paysages de Suède et de Norvège, mais je pressentis qu'aux yeux de mon oncle au moins, aux yeux de beaucoup d'hommes sans doute, Thécla incarnait cette lumière, que c'était là le sortilège qui la rendait si dangereuse, si redoutable. Si je n'avais pas été captivé par Marguerite, est-ce que moi aussi... Sûre d'elle-même, Thécla dévisageait Rolf et mon oncle avec un sourire condescendant, presque ironique. Elle semblait ignorer Marguerite. Inutile de dire que je ne comptais pas plus pour elle qu'un vermisseau.

Cette année-là, nos promenades en Forêt-Noire ne furent pas aussi fréquentes, aussi merveilleuses que naguère. L'agitation politique gâtait tout. Il fallait prendre sur soi pour parler d'autre chose que des mesures édictées contre les Juifs, de la popularité que les Jeux Olympiques prêtaient à Hitler, de l'axe Berlin-Rome, des bonnes relations entre l'Allemagne et l'Angleterre. Thécla menait la conversation. On aurait pu croire que sa qualité d'étrangère devait la rendre moins passionnée des affaires de l'État ; contre toute attente elle y prenait une part que ni mon oncle ni mes cousins, plus dégoûtés que jamais de la chose publique, ne songeaient à lui disputer. La paisible demeure se transformait en foyer d'opposition.

Je ne revins à Fribourg qu'au mois de juillet 1938. Après l'annexion de l'Autriche, mon père avait décidé que je ne retournerais pas outre-Rhin. Maman réussit à le fléchir une nouvelle fois.

Je trouvai là-bas une atmosphère empoisonnée. Mon oncle avait cessé de sourire ; sa femme, au contraire, plus élégante que jamais, d'une beauté presque insolente, souriait de toutes ses dents ; un sourire de cannibale ! Elle voyageait sans cesse entre Munich, Berlin et Stockholm et, comme oncle Herbert ne l'accompagnait jamais, cette agitation faisait jaser le monde universitaire fribourgeois. Marguerite me confia que le genre de vie de sa belle-mère, ses robes, ses fourrures et ses bijoux scandalisaient les gens et qu'on se demandait ce qui allait résulter d'une union si mal assortie, un mari vivant dans un univers littéraire raréfié, entre ses livres et Marguerite de Navarre, et une femme mondaine, avide d'éclats et d'hommages, turbulente aussi et qui jugeait Fribourg un théâtre trop modeste pour y limiter sa gloire. Théela sentait qu'elle pouvait faire n'importe quoi avec son corps, que sa beauté emportait tout et elle en concevait un orgueil démesuré qui, tôt ou tard, l'entraînerait à on ne sait quelle extrémité, à moins que la catastrophe ne se fût déjà produite.

En ce juillet 38 que, pour mon dépit, elle passa tout

entier à Fribourg – non, soyons justes, elle nous libéra la dernière semaine –, Thécla semblait satisfaire la haute idée qu'elle se faisait d'elle-même en limitant son agitation à la politique. Forte de son passeport suédois, elle surpassait tout le monde, pas mon oncle bien sûr qui ne soufflait mot, mais Rolf et Marguerite et les amis qu'elle attirait à la maison, en propos satiriques contre le régime hitlérien. Si elle s'en était tenue à l'épigramme et au persiflage, on aurait pu se contenter de sourire, mais elle polémiquait avec une violence telle que personne n'osait lui répondre et qu'un silence gêné succédait à ses diatribes.

« Le courage de Thécla nous attirera la foudre ! me dit un jour Marguerite.

– Tu l'admires donc tant ? » demandai-je incrédule.

Ma cousine ne répondit rien.

« Et Rolf, qu'en pense-t-il ?

– Tu sais bien qu'avec Rolf on ne peut jamais savoir. Lui, c'est le mystère. »

Je ne tirai rien de plus de Marguerite. J'étais plus amoureux d'elle que jamais. Je ne le lui avais jamais dit, tant je redoutais son indifférence et sa pitié. A quoi bon aurais-je ouvert ma garde ? Elle ne se souciait pas plus de moi que d'une crevette. J'avais maintenant dix-sept ans, je distinguais fort bien entre l'affection et l'amour et j'aimais Marguerite comme une fille avec laquelle on désire avoir une union complète, et tout partager. Elle ne voulait rien de tout cela, pas avec moi en tout cas. Il était bien inutile d'aller audevant des refus et des humiliations. Je gardai le silence. J'avais espéré que le départ de tante Thécla, tellement désiré, enfin effectif, arrangerait mes affaires. Je me faisais des idées. Nous retournâmes en Forêt-Noire, mais ce fut comme par acquit de conscience. Comme on accomplit un pèlerinage, comme on se libère d'une dette. Les divinités sans nom qui hantaient autrefois les bois et qui nous tenaient sous le charme avaient déserté les lieux. Elles avaient cédé la place aux démons exigeants et cruels qui commandaient l'Allemagne.

L'été qui précéda l'éclatement de la guerre, mon père se refusa à me laisser partir pour Fribourg et moi-même, si déconcertant que cela me parût d'abord, je n'en avais pas envie. Je songeais à Marguerite avec autant de désir et d'amour, mais la vie nous séparait, les événements nous séparaient et je me sentais trop jeune, trop démuni pour pouvoir, même en idée, m'opposer au broyage des corps et des destins qui allait s'effectuer.

J'écrivis à Marguerite des lettres sibyllines, tendres et désolées, qui dans ma pensée avouaient mon amour, mais qu'on pouvait attribuer à une humeur mélancolique. Je lui disais que j'étais triste de ne pas la retrouver cet été-là. Elle me répondait en m'envoyant des feuilles d'arbres, des fleurs à peine séchées, ou des dessins griffonnés à l'encre de Chine, mais jamais de nouvelles précises sur ce qui se passait à Fribourg et dans la propre maison de son père. Rolf fut plus explicite ; en réponse à une longue missive où je lui exposais combien il était difficile de résister aux sollicitations de la chair et où je lui demandais conseil, il m'adressa une photographie dont l'humour macabre me choqua. Par un artifice de montage, sa tête était placée sur un plat d'orfèvrerie comme le chef de saint Jean-Baptiste. Le sang qui coulait de la blessure s'étalait en une large tache où il avait signé son nom.

Voilà bien le climat malsain créé par la sirène, pensais-je. Elle a pris Rolf dans ses filets, elle exige son amour, et sa tête s'il se refuse à cet amour. Salomé, exécrable Salomé nordique venue danser la danse des sept voiles dans une respectable maison de Fribourg !

Je retournai au musée Gustave-Moreau pas plus désert en cet été brûlant que dans les brumes de l'hiver, comme si le génie aristocratique du peintre tenait les visiteurs à distance. Plus je regardais *l'Apparition*, avec cette Salomé tendant un doigt accusateur vers la tête sanglante, exorbitée de saint Jean, plus je trouvais de ressemblances entre cette figure féminine couverte de joyaux, hiératique fantôme du désir, et la blonde Thécla. Rolf voulait-il, par cette énigmatique réponse, me mettre en garde contre la femme « froide et stérile » ou bien au contraire me suggérer qu'il fallait s'abandonner à son destin, fût-il tragique, et aimer ce qui vous arrive ? Je ne parvenais à pencher d'un côté ou de l'autre.

L'invasion de la Pologne me surprit au milieu de ces incertitudes et le bombardement de Fribourg qu'on sut plus tard avoir été décidé par les nazis eux-mêmes pour servir de prétexte à la guerre contre l'Ouest me toucha de plein fouet. Pendant des années, je n'entendis plus parler de Rolf ni de Marguerite. Les lettres que j'écrivis à tout hasard ne leur parvinrent sans doute pas, à moins qu'ils n'aient décidé d'attendre la fin des hostilités pour y répondre. Attitude que je jugeais absurde et cruelle, car il ne me venait pas à l'esprit de les inclure parmi les belligérants.

La classe 1941 ne fut pas appelée sous les drapeaux, pas plus qu'ensuite elle ne fut soumise au travail obligatoire en Allemagne ; mes études de droit et de sciences politiques ne subirent pas d'interruption du fait des circonstances. Devais-je m'en réjouir ? Mes parents me trouvaient trop jeune, trop inexpérimenté pour me laisser rejoindre les Français libres en Angleterre : je restai à Paris, pas plus fier que cela, partageant le sort de bien d'autres.

A la maison, par convention tacite, jamais on ne parlait de mon oncle Herbert ni de mes cousins, de sorte que je gardai pour moi seul mes tourments et mes regrets. Devant mon œil intérieur, la Forêt-Noire s'obscurcissait encore ; elle prenait le noir mat, le noir de malédiction sacrée désignant dans nos cimetières militaires les corps des soldats allemands tombés sur notre sol et qui deviennent sur les lieux poussière, cendre et néant. Rolf se battait-il sur le front russe ? Était-il déjà blessé, prisonnier, mort peut-être ? Et Marguerite ? Bombardement des villes : avait-elle trouvé refuge à la campagne ? Je revoyais ses yeux, gris-bleu comme les chardons des sables, qui seuls trahissaient l'angoisse dans son calme visage. Se souvenait-elle de moi comme je me souvenais d'elle ? A mesure que grandissait la haine contre la Germanie, je me demandais si j'avais encore le droit de la chérir comme je faisais. Mais non, comment l'imaginer criminelle et responsable de ce qui se passait en

Allemagne et dans les pays occupés ? L'idée qu'on pût après les hostilités se venger sur elle des crimes que son peuple avait commis me faisait horreur. Pressentant que par un inévitable retour des choses cela se passerait ainsi, je cherchais à quelle porte je pourrais sonner parmi les relations de mes parents pour essayer de la protéger. Les résistants que je connaissais occupaient de trop modestes postes pour être de grande utilité. Je retombais dans les incertitudes, dans les atermoiements qui ont fini par tarir mon adolescence et pétrifier ma jeunesse.

Après l'armistice je reçus une lettre, timbrée de Chaumont, où je reconnus l'écriture de Rolf : il l'avait remise à l'un des prisonniers français qui rentraient chez eux. J'hésitais à l'ouvrir : je la gardai deux jours sur moi sans m'y résoudre. Il fallut enfin en prendre connaissance ; c'est le pire qu'elle apportait. La maison de Fribourg avait été soufflée par les bombes, on n'avait pas retrouvé les corps de son père et de sa sœur dans les décombres. Lui, il avait pu déserter et attendre l'arrivée des armées alliées en se cachant dans un rocher creux du Rosskopf (« Tu te souviens, disait-il, nous nous y sommes abrités pendant un orage »). Maintenant il servait d'interprète dans un village occupé. Sa lettre s'achevait ainsi : « Je me demande pourquoi je vis. Quand le temps a cessé d'être amour, il sent la charogne. »

Comment décrire mon abattement ? L'enfantine dévotion que j'avais vouée à ma cousine s'était avec le temps transformée en définitive passion. Cette lettre me révélait ce que je savais déjà : que j'aimais Marguerite et que sa disparition me laisserait à jamais orphelin. Je ne pouvais me confier à personne, sinon à Rolf qu'il m'était interdit de rejoindre pour le moment. Mon humeur taciturne, mon goût pour le secret s'en trouvèrent approfondis.

Je montrai pourtant la lettre à mes parents qui s'en émurent juste ce qu'il fallait : nous avions trop de morts et de disparus français à déplorer pour nous laisser attendrir par un événement, fâcheux certes, mais inhérent aux malheurs de la guerre. Ils remarquèrent ce qui m'avait échappé : Rolf n'y faisait aucune allusion à Thécla. Était-elle absente à l'heure du bombardement ? Avait-elle regagné la Suède pour toujours ? Je haussai les épaules : quelle importance avait-elle désormais ? Malgré l'inimitié que j'avais toujours ressentie pour elle et le vague effroi qu'elle m'inspirait — si sûre d'elle-même, si farouchement égoïste ! — je m'aperçus que, Marguerite disparue, rien ne m'attachait à Thécla. Elle s'évanouit de ma pensée comme un fantôme au petit jour.

Mon caractère s'aigrit. Maman s'inquiétait de me voir si sombre. Elle m'assurait qu'à force de broyer du noir, j'allais devenir un Pierrot blême qu'on fuirait et qui, rebuté partout, en viendrait à fuir les autres. J'étais comme noué et si l'on ne m'évitait pas encore, on ne me recherchait pas non plus : on me supportait avec un peu de pitié et beaucoup de résignation. J'avais pourtant alors vingt-quatre ans et, la paix revenue, j'aurais dû jouir de mes belles années. Mais cet heureux temps qui donne de l'éclat aux plus ternes se passa pour moi sans caresses ni plaisirs.

Les frontières entre la France et l'Allemagne restèrent longtemps fermées aux simples particuliers. Je profitai du voyage organisé par un groupe de jeunesse pour revoir Rolf. Il n'habitait plus Fribourg, mais une petite ville sur le Rhin. Après une si longue séparation, je m'attendais à le trouver vieilli, assurément marqué par ces dures années : je restais loin du compte. Ce fut un homme très différent de ce que j'imaginais qui m'accueillit, un inconnu presque, tellement il semblait détaché de lui-même et du monde. Il souriait avec application, mesurait ses mots, touchait avec réticence aux objets qui l'entouraient. Sa douceur étudiée me désolait, sa tristesse aussi. Il n'arrivait pas à reprendre pied dans cette Allemagne qui luttait pour survivre et qui, malgré une asphyxiante pauvreté, cherchait à refaire surface. Mais toute forme d'ambition, et même simplement d'espoir, avait abandonné Rolf: il végétait, s'affligeait de végéter sans chercher à se tirer de là. Je le connaissais trop, j'avais pour lui trop d'affection pour ne pas sentir qu'il voulait à tout prix me cacher bien des choses, toutes les choses qui le détruisaient plus sûrement que la disette et le dénuement. La veille de mon départ, n'y tenant plus, je le brusquai ; il se trahit en m'avouant qu'il se refusait à revoir la maison de Fribourg. N'avait-elle pas été soufflée par les bombes ? Si, mais il subsistait quelques pans de murs... Je vis qu'il mentait, son visage blêmit. Je le menaçai de me rendre sur les lieux : Fribourg se trouvait dans le secteur français, j'arriverais bien à mes fins. Il sourit d'un air las et dit simplement, mais non sans solennité :

« Tu l'auras voulu. »

Ce soir-là, par bribes, demi-aveux et silences, j'appris tout ce que j'aurais préféré ne jamais entendre. J'aurais dû me boucher les oreilles et m'enfuir, au lieu de quoi je posai toujours de nouvelles questions, torturant Rolf afin de mieux me torturer moi-même. Je le tenais enfin à ma merci, je pouvais me donner à moi aussi le coup de grâce !

Tout le mal venait d'une vision que mon oncle avait eue au début de la guerre et qui s'accordait avec le trouble provoqué par le personnage de Thécla, sa soif de luxe et d'hommages masculins.

« Il fallait qu'on ne parle que d'elle, qu'elle occupe la première place. Elle voulait être admirée. Les moyens lui importaient peu. Ses diatribes contre les nazis n'avaient pour but que d'attirer l'attention. Dans le fond, la politique ne l'intéressait pas. Rien ne l'intéressait, sinon elle-même. Hélas ! mon père était à mille lieues de s'en douter. Son amour l'occupait tout entier, il ne jurait que par elle, il voyait tout par ses yeux. »

C'est alors que mon oncle Herbert eut cette vision. Comme Goethe, juste après avoir quitté Frédérique Brion, vit son double venir à sa rencontre, à cheval, habillé d'un vêtement gris souris qui ne figurait pas dans sa garde-robe, mais qu'il portait bel et bien quand il revint à Sesenheim huit ans plus tard, et qu'il reconnut à cet instant, mon oncle qui, pas plus que Goethe, ne pouvait passer pour un cerveau fêlé, d'une excessive crédulité, reçut un avertissement par le moyen de la seconde vue – un don, ajouta Rolf, que possèdent les mâles de notre famille et qui leur échoit dans les circonstances exceptionnelles. Mon oncle vit ainsi Thécla, sa lumière du Nord, encadrée entre deux hommes de la police secrète en uniforme noir. L'un se tournait vers elle, l'autre lui posait la main sur le bras. Ils ne la molestaient pas, mais le sens de ce qu'il voyait n'était pas douteux : ces hommes, jeunes et beaux d'ailleurs, venaient arrêter sa femme. Les idées subversives de Thécla étaient la fable de Fribourg. Si quelqu'un portait plainte, il n'y aurait que trop de charges pour l'accabler. Mon oncle prit une solution désespérée pour conjurer le malheur : il devint membre du parti. On s'étonnait qu'il ne l'eût pas déjà fait, qu'il pût rester en fonction sans s'y être encore inscrit. Les autres professeurs de l'Université, ravis de cette conversion tardive dont, bien sûr, il ne donna pas la raison, lui accordèrent d'emblée une place éminente, si bien qu'il se vit confier des responsabilités qu'il ne souhaitait pas. Mais le moyen d'agir autrement pour protéger sa chère Thécla ?

Ses amis furent consternés : comment expliquer pareil revirement de la part d'un homme qui s'était toujours tenu à l'écart de la politique ? Ceux qui avaient considéré comme une sorte de miracle que mon oncle eût conservé jusque-là sa chaire à l'Université se disaient qu'il avait dû depuis longtemps donner des gages, faire des promesses et qu'il était contraint maintenant de les exécuter. Marguerite soupçonnait un mystère, elle garda le silence. Mais Thécla se déchaîna contre son mari, disant à qui voulait l'entendre qu'il avait vendu son âme, conclu un pacte avec le diable.

« C'est à moi seul que mon père révéla la vérité, dit Rolf, et je me promis de l'aider de toutes mes forces... »

De temps à autre, il interrompait ses propos comme si tout à coup sa mémoire le trahissait. C'était une manière de refuser l'obstacle, je me forçais à reprendre l'interrogatoire. Je reconstituais fragment par fragment, conjecture par conjecture ce qu'il me confiait de façon hésitante et décousue et dans un tel désarroi que, malgré son désir de se libérer, je perdais parfois le fil de l'histoire. Un flacon de kirsch que j'avais réussi à acheter aida Rolf à parler. Je ne transcris pas tels quels les propos qu'il me tint et qui masquaient la vérité sous le trouble et la confusion. Ma mémoire, d'elle-même, a fait le tri, la terrible mémoire qui sait où elle veut en venir !

L'embarras de Rolf trahissait sa gêne pour évoquer ce qu'il faut bien appeler l'inconduite de Thécla. Le professeur en avait beaucoup souffert, mais jamais devant son fils n'avait voulu en convenir. Quand elle lui téléphonait de Berlin ou de Munich, il feignait de croire que l'appel venait de Stockholm, mais ces subterfuges ne trompaient personne. Il était un mari bafoué et ne pouvait l'admettre. Au lieu de reconnaître la perversité foncière de Thécla et de se séparer d'elle, ou bien d'avouer sa propre insuffisance et son impossibilité de la rendre heureuse, mais dans ce cas il lui fallait aussi se séparer d'elle, il mettait tout au compte de la guerre qui libère les mauvais penchants, détruit les lois morales, corrompt tout, excuse tout : sa femme était une victime de l'époque troublée que traversait l'Europe. Il fallait passer l'éponge et attendre le retour de la paix pour voir Thécla recouvrer ce qu'elle se devait à elle-même et à son mari.

« Il le croyait vraiment ? demandai-je.

— Il faisait semblant. Il l'aimait. »

Après 1942, quand la période des revers commença pour l'Allemagne, quand les plus fanatiques se posèrent des questions, Thécla, comme si une défaite probable exaspérait ses démons intimes, redoubla de violence. Elle ne se contentait pas de vitupérer le régime dans des cercles privés, elle se déchaînait en public, dans les magasins. Mon oncle eut beau la supplier, par égard pour lui, pour ses enfants, de modérer ses propos, et lui démontrer qu'une provocation si gratuite ne menait à rien, Thécla comme une possédée qu'elle était continua sa campagne. Elle fut regardée par les gens simples comme l'âme de la résistance : on croyait que seule la position de son mari lui assurait l'impunité. Mais les plus clairvoyants redoublèrent de prudence. Trop tard.

Deux collègues de mon oncle furent arrêtés. Il esssaya de les secourir, ce fut en vain et l'on n'entendit plus jamais parler d'eux. A la froideur accrue que lui témoignaient ses amis, mon oncle fut obligé de convenir qu'on le soupçonnait de n'être pas étranger à cette arrestation. Il tomba malade ; le remords, le souci constant, et la vision qui continuait à l'obséder, tout contribuait à différer sa guérison. Une épreuve bien plus cruelle encore l'attendait. Des policiers appartenant à la S.S. se présentèrent chez lui, il trouva la force de les recevoir : il s'évanouit quand il entendit que ce n'était pas Thécla qu'ils venaient arrêter, mais sa fille, sa Marguerite des Marguerites, qui expiait les imprudences, la folie, l'inexplicable dérangement spirituel et moral de sa belle-mère.

Rolf, alors mobilisé en Grèce, n'avait pu aider son

père dans cette épreuve. Ce dernier ne mit pas en doute la véracité de la vision ; il écrivit à Rolf que quelque chose, au niveau le plus obscur de sa conscience, avait dû substituer l'image de sa femme à celle de sa fille, mais que c'était bien Thécla qui continuait à être visée, qu'on allait lui rendre Marguerite, que l'horreur ne pouvait continuer. Là-dessus, déjà gravement malade, il subit un véritable choc mental et resta six mois dans une clinique. Thécla disparut. Rolf resta sans nouvelles de sa sœur. La vieille Trudi qui faisait depuis longtemps office d'intendante et qui veillait à tout dans le ménage ne put le renseigner : les on-dit qu'elle recueillait dans le voisinage se contredisaient. On ne savait rien de Marguerite.

« Mon père quitta la maison de santé au début de 1945. Il donna sa démission de l'Université et se claquemura chez lui. Trudi s'occupait de tout. Thécla, contre toute attente, revint passer quelque temps auprès de mon père. Ce qu'ils se dirent, je l'ignore. Ce qui est sûr, c'est qu'il lui rendit sa liberté. Elle lui demanda de la laisser regagner son pays natal. Il accorda tout ce qu'elle voulait, il ne tenait plus à rien. Quand je le revis et que je lui confiai que j'allais déserter, que je connaissais une cachette ignorée même des paysans de la Forêt-Noire, il approuva tout, il répétait pendant des heures un seul nom, celui de Marguerite. Elle était sa seule pensée. »

Tout mon amour me revint à la gorge, mais j'eus tellement peur, je me sentis si profondément misérable que, voulant me leurrer moi-même, je différai la seule question qui me tenait à cœur : Marguerite ?

Je vais au fait, je n'ai que trop tardé. Quand les

Français entrèrent à Fribourg, mon oncle fut arrêté, puis gardé à vue dans sa maison. Cela ne changea rien à son genre de vie, il y a longtemps qu'il ne quittait plus sa chambre. On lui demanda quelque temps plus tard, ce devait être en avril ou mai, où se trouvait sa femme : il l'ignorait. En Suède sans doute. Mais pourquoi la recherchait-on ? Des dossiers de police qu'on n'avait pas eu le temps de brûler et qu'on avait retrouvés dans une forêt établissaient qu'elle avait servi d'agent provocateur au service des nazis. Il n'en crut rien. Ne pouvait-on se tromper de nom ? d'identité ? de visage ? Sur quoi se fondait l'accusation ? Aucun doute n'était possible, on donna des preuves et mon oncle, comme Trudi que l'on interrogea aussi, durent se convaincre de ce qui paraissait monstrueux, impossible, inconcevable : Thécla avait dénoncé, parmi d'autres, les deux collègues de mon oncle – et Marguerite, qui faisait partie d'un groupe de résistance, la Rose blanche, ce que ni son père ni Rolf ne savaient.

– Mais pourquoi ? demandai-je. Par haine ? Par vengeance ?

– Même pas. Thécla avait besoin de beaucoup d'argent. De beaucoup d'amour aussi. Il y avait de très beaux hommes dans les S.S...

– Ce n'est pas vrai !

– Si, c'est vrai », répondit Rolf. Et il ajouta, désespéré : « N'importe quelle femme peut trahir son mari, les amis de son mari et livrer sa belle-fille, vendre Marguerite ! »

Mon oncle retrouva assez de force pour agir : il sortit un revolver caché au milieu de ses livres, s'assit devant son bureau et, d'une main ferme, après avoir écrit sur une feuille de papier :

Marguerite, ma perle
Poésie perle de la pensée,

il se tira une balle dans la bouche. Au bruit de la détonation, Trudi accourut et le trouva effondré sur la table. Son sang avait éclaboussé la feuille blanche.

Rolf chercha son portefeuille.

« La voici. »

Des taches d'un rouge sombre faisaient une énorme fleur sur la blancheur jaunie, une fleur tellement lourde qu'elle s'était imprimée dans le papier et qu'on voyait la forme des pétales.

« Et Marguerite ? »

Je ne sais comment le nom bien-aimé avait pu se former sur mes lèvres.

« Tu te rappelles la photographie que j'avais truquée et qui me représentait en Jean-Baptiste, la tête sur un plateau ? On ne doit pas narguer la mort. »

Je le regardai sans comprendre.

« Ce n'est pas à moi qu'on a tranché la tête, c'est à Marguerite. Ils ont restauré l'usage de la hache. »

Un long silence s'ensuivit.

« Et Thécla ? » m'écriai-je comme si après ce que je venais d'entendre, le sort de la Suédoise pouvait me tenir à cœur.

« Elle n'avait pas pu fuir. Son dernier amant l'avait sans doute abandonnée. Elle est revenue à Fribourg. Je l'ai emmenée dans la montagne. On n'a jamais retrouvé son cadavre. »

LE PILIER DE L'UNIVERS

Il s'appelait Rüdiger Wallstein, mais au lycée tout le monde l'appelait van der Goltz à cause de la passion qu'il vouait au chef des corps francs dans les pays Baltes. Tant et si bien qu'il avait fini par croire que le comte se réincarnait en lui, que leurs vies s'ajustaient l'une sur l'autre au point de se confondre. Il racontait avec force détails et précisions qu'il trouvait sur-le-champ comment, dans sa précédente existence, il avait repris Riga avec l'aide des Lituaniens et des Lettons. On pense bien que pour ses camarades l'effondrement de l'empire prussien et les luttes qu'avaient soutenues pour l'honneur les Allemands dans les anciens duchés de Courlande et de Livonie, c'était vieux de vingt-cinq ans, c'était comme si cela n'avait jamais existé : autant leur parler des campagnes de Charlemagne contre les Saxons ! Pour Rüdiger, tout au contraire, hier et aujourd'hui c'était du pareil au même, c'était le temps qui n'en finit pas. « Tu prends un sablier et tu le retournes, disait-il. Où est le sable du passé et le sable du présent ? Le sable qui s'écoule, c'est le temps véritable, celui que nous vivons, qui n'est ni hier ni demain ni même aujourd'hui, c'est le temps éternel. » Tous ne comprenaient pas, mais ceux qui le suivaient dans ses chimères seraient allés au feu pour lui : Rüdiger les arrachait à la vie familiale et scolaire, il ouvrait devant eux les portes du rêve.

Fils unique, il avait fort jeune perdu sa mère, et son père, chirurgien de renom, surchargé de besogne, n'avait jamais eu le temps de s'occuper de lui. Ce qui arrangeait le garçon, de nature indépendante et aventureuse. Personne ne l'avait jamais contraint et il n'avait jamais demandé de conseils à personne : ce qu'il faisait était juste et bien du seul fait qu'il le faisait. Comme un prince, il rendait légitimes toutes ses actions parce qu'il était Rüdiger van der Goltz. Les autres le jugeaient extravagant et bizarre, mais lui ne se jugeait pas, il ne s'admirait même pas d'être aussi singulier. Face aux choses visibles et invisibles, il se prenait pour la mesure de la personne humaine et son modèle.

Rêveur forcené, il avait extirpé de la bibliothèque de ses parents les livres qui nourrissaient ses désirs, il s'était constitué un choix de lectures à son usage propre. Il dévorait les Nibelungen, les chants de l'Edda, les poèmes de Wagner, toutes les études qui traitent des anciens Germains, de leurs combats contre les Romains, contre le Saint Empire et l'Église. De là à vivre dans un passé légendaire et à se voir sous les traits d'un guerrier germanique de l'Age du Bronze, il n'y avait qu'un pas et que Rüdiger franchissait avec allégresse. Mais comme son rêve l'entraînait aussi dans divers siècles et dans des voies opposées, il se voyait avec une égale satisfaction en chevalier Teutonique, robe noire sous manteau blanc avec croix noire sur l'épaule gauche. Bonnes gens, ébahissez-vous ! C'était le même Rüdiger, si libre dans ses curiosités sensuelles, plein de mépris pour la morale religieuse, qui avait fait vœu de pauvreté, obéissance et chasteté entre les mains de Hermann von Salza, qui avait manié la truelle pour construire le château de Marienbourg, qui avait poursuivi les ultimes hordes de païens sur les rivages de la Baltique. Quand il se promenait le long de la Pregel comme il aimait à le faire, là où elle débouche dans le Frisches Haff, il se rappelait comment on avait délibéré pour savoir où se bâtirait le futur Koenigsberg. Il fallait choisir un endroit assez éloigné de la mer pour échapper à ses fureurs, assez près de cette lagune d'eaux douces qu'est le Frisches Haff pour profiter de ses pêcheries. Et tout en regardant les troupes de cygnes noirs qui s'y ébattaient dans une arrogante quiétude, il trouvait que le lieu choisi pour Koenigsberg n'aurait pu être meilleur. Il voyait dans ce choix l'empreinte du doigt de Dieu. Selon les jours, selon les instants, ce Dieu était celui auquel croyaient les chevaliers Teutoniques, ou celui auquel sacrifiaient les anciens Germains et qui s'appelait Odin ou Wotan, ou encore celui de ces mystérieux Borusses qui peuplaient ces régions dans la nuit des temps. On ne sait de quelle race ils étaient, quel langage ils parlaient ; on sait seulement qu'ils étaient hostiles à toute forme de gouvernement, qu'ils incendiaient les églises, égorgeaient les chrétiens. Faute de pouvoir ni les convertir ni les assimiler, les chevaliers Teutoniques finirent par les exterminer. On les immola jusqu'au dernier ; ils ne laissèrent d'autre trace de leur présence en ces lieux que leur nom, Borusse qui a donné Prusse.

Le souvenir de ces irréductibles hantait Rüdiger. Il se disait qu'il avait bien dû en réchapper quelques-uns, que c'était de l'un de ceux-là qu'il descendait, ou encore d'un de ceux qui s'étaient réfugiés en Lituanie, et qui erraient d'un pays à l'autre, car pour eux il n'existait ni duchés, ni frontières, ni règles ni coutumes, il n'y avait que le vent.

« Oui, je descends des Borusses, disait Rüdiger à qui voulait l'entendre, sinon je n'aimerais pas autant nos sables mouvants, nos tempêtes et nos forêts. »

La fabrique de sa nature l'incitant à ajouter foi à ce qu'il disait, il croyait dur comme fer à cette ascendance. La mettre en doute, c'était renoncer à sa sympathie. C'était d'ailleurs le seul point sur lequel il ne transigeait pas : il était Rüdiger le Borusse et qui n'y croyait pas était indigne de ses faveurs. Car, prince parmi les princes, il estimait qu'il honorait les sujets auxquels il témoignait quelque attention. Un tel intérêt était rare. Ce n'était qu'après bien des épreuves qu'on entrait dans le cercle étroit de son cœur.

Qu'avait-il du Borusse ? En fait de poil blond, il était châtain clair et sa stature, si elle dépassait de beaucoup la moyenne, n'atteignait pas celle que l'on prête à ces païens honnis et prestigieux. N'empêche qu'il produisait grande impression quand il défilait dans les rues de Koenigsberg, poignard au côté, ses robustes jambes à l'air, le drapeau fiché dans le baudrier.

Si ses professeurs souriaient de son idée fixe, ils ne manquaient pas d'utiliser son sens de l'action, son goût du commandement. C'était toujours lui qu'ils nommaient pour organiser une excursion, une rencontre sportive. Le chef de la section des jeunesses hitlériennes l'avait pris pour lieutenant et Rüdiger, portant selon la circonstance fanion, enseigne ou oriflamme, l'esprit perdu dans un passé mythique ou dans les aventures plus récentes des corps francs, paradait sans songer qu'il arborait les couleurs du national-socialisme et qu'il affirmait la majesté d'un ordre bien différent de celui dont il rêvait.

Embrigadé dès l'enfance, il n'avait jamais bien compris, et n'avait pas cherché à le faire, ce qu'on attendait de lui, sinon qu'il se dévouât corps et âme à la patrie, ce qui pour lui allait de soi. Des doctrines officielles du régime il retenait uniquement ce qui flattait ses passions, l'exaltation du passé héroïque et le retour des anciens dieux. Son père, luthérien peu convaincu, n'avait pas veillé à son éducation religieuse, encore moins exigé qu'il confirmât le vœu de son baptême. Aussi Rüdiger, un jour qu'il se promenait dans les bois, s'était-il communié lui-même, dans l'intimité de sa chair, sous la triple invocation d'Odin, d'Irmin et de Freya, Odin parce qu'il incarne la toute-puissance, Freya parce qu'elle est jeunesse et beauté, Irmin parce qu'il est le sublime, l'infini, le pilier qui soutient le monde et qu'il se manifeste dans la splendeur des arbres. Rüdiger vénérait les arbres et leur parlait avec amour.

Il allait avoir seize ans et s'appliquait à paraître davantage en serrant les mâchoires, en fronçant les sourcils, car il se voulait dur et martial. On aurait peut-être ri de cette prétention s'il n'avait été tellement sûr de lui, tellement rayonnant. Ses camarades de classe l'avaient toujours désigné pour leur chef, quêtant un mot d'encouragement, un sourire, plus encore sa bienveillance, sa protection et, rêve suprême, son amitié. Ce grand corps harmonieux et athlétique faisait rêver.

Adalbert Siegmann et Witiko von Gluckesberg avaient toujours rêvé de lui. Ils avaient partagé les mêmes études, passant de classe en classe avec lui, soumis aux mêmes contraintes, aux mêmes vérités enseignées avec force de loi. Mais tandis que Rüdiger y échappait par la singularité de son caractère et gardait intacte sa liberté intérieure, les deux autres ne voyaient de salut qu'à travers la force et l'éclat du Borusse. Ils ne savaient quoi inventer pour lui complaire, ils lui donnaient toujours raison, allant jusqu'à se mentir à eux-mêmes et se monter la tête pour rester à la hauteur de leur idole. Où va-t-il chercher tout ça? se disaient-ils stupéfaits, mais ils le disaient à leur conscience, car jamais ils n'auraient confié à l'autre des pensées si dangereuses et qui pouvaient les perdre dans l'esprit de leur seigneur. Adalbert et Witiko avaient, à quelques mois près, le même âge que le Borusse et depuis six ans ils s'ingéniaient à se modeler sur lui pour capter enfin son amitié. Ils n'y étaient pas encore arrivés. Et pourtant quand Rüdiger évoquait les feux de la Saint-Jean, on aurait dit qu'ils n'avaient qu'un désir au monde, celui de sauter par-dessus le brasier en criant des runes magiques. Le Borusse parlait-il des divinités du Walhalla, aussitôt les deux garçons mettaient Wagner à contribution afin de prouver à celui qui les fascinait qu'eux aussi n'attendaient que la remontée du fond de l'abîme et des brumes de ces dieux que Jésus-Christ a subjugués. Mais pour combien de temps ? Ne doivent-ils pas revenir, invaincus, éternels, lors du grand cataclysme, de l'embrasement final ? Witiko, plus sensible et plus imaginatif, trouvait des accents touchants de sincérité et qui touchaient en effet le Borusse sans qu'il consentît à le laisser voir, mais Adalbert avait une façon de regarder celui qu'il aimait, une façon tellement sérieuse, pressante, presque désespérée, que l'objet de tant d'admiration n'y résistait pas. Rüdiger était sur le point de les aimer comme des amis au sens absolu du terme. Quelque chose l'en empêchait encore, il n'aurait pu dire quoi. En attendant, il les regardait comme ses affidés, ses fidèles, ses féaux : il les avait défendus, il s'était battu pour eux, il avait toujours soutenu leur cause. Il était trop généreux pour avoir manqué à ce que le seigneur doit à ses hommes liges.

Au lycée, ce qui préoccupait tous les élèves était ce dont ils parlaient le moins : comment allait finir la guerre. La prudence leur avait enseigné à dire amen à tout ce qu'affirmait la thèse officielle : en cette fin d'année 1944 on raccourcissait le front pour renforcer la défense, on mettait au point des armes secrètes, terrifiantes, qui allaient anéantir l'ennemi, enfin jamais le Maître de l'Allemagne ne tolérerait que le sol sacré du Reich fût envahi. Certains croyaient assurément à de telles déclarations et la propagande, les journaux, la radio se chargeaient de les ancrer dans ces opinions. Mais la plupart faisaient semblant ; ils avaient vu le déferlement des réfugiés des pays Baltes se traînant sur les routes, entassés dans des trains de marchandises, ils comprenaient que les Russes étaient aux portes de la Prusse-Orientale, que peut-être ils en avaient déjà franchi la frontière... Ils se refusaient à arrêter leur pensée sur de telles visions, mais au fond d'eux-mêmes ils n'étaient pas dupes. Ils se préparaient à l'assaut. Witiko, quant à lui, n'avait pas besoin de donner le change : tous, en classe, savaient que le frère de son père avait fait partie de la conjuration du 20 juillet 44 contre Hitler. Proche ami de Stauffenberg, il avait été fusillé dans les tout premiers. Deux autres membres des Gluckesberg, arrêtés eux aussi, purgeaient des peines de prison. Witiko avait perdu son père qui était officier de carrière, pendant la campagne de France : tout laissait croire qu'il partageait les idées de la noblesse prussienne et n'était guère favorable au régime au pouvoir, et que sa mère, née Witzleben, ne lui cédait en rien sur ce chapitre. Witiko était un opposant né.

Adalbert, quant à lui, se contentait de dire que son père avait écrit du Caucase, de Grèce, de Roumanie, qu'il écrivait maintenant de Pologne... Quelle conclusion en tirer ? Rüdiger était celui des trois que le reflux des divisions allemandes contristait le moins parce qu'on ne recommencerait l'aventure des corps francs de van der Goltz qu'une fois les Russes arrivés sur les lieux. Witiko avait beau lui objecter qu'on ne pouvait absolument pas comparer la situation des bolcheviks en 1919 et celle de Staline qui était puissamment étayé par les États-Unis et qu'il n'y avait pas de chance que la geste héroïque des corps francs pût se renouveler, Rüdiger affectait d'en rire :

« Et notre courage ? Et notre étoile ? Nous vaincrons les Rouges parce que les anciens dieux nous y aideront ! »

Il l'affirmait avec un aplomb si sincère qu'il ébranlait la méfiance des deux autres. Après tout, ils ne demandaient qu'à le croire : n'avaient-ils pas toujours donné raison au Borusse ?

Celui-ci se croyait vraiment revenu en 1919 ; il parlait des coups de main hardis, des patrouilles insolentes qu'il avait faits avec une poignée d'hommes comme si c'était hier. Il leur avait déjà raconté comment lui et ses troupes avaient reconquis Mitau, la capitale de la Courlande, mais ce jour-là, comme si la vision s'imposait à lui de nouveau et l'occupait tout entier, il alla plus loin encore.

« Mitau s'était vidé de ses habitants, les rues étaient désertes. Les Rouges s'étaient enfuis, eh ! bien, quand nous sommes parvenus au centre de la ville, savez-vous par qui nous avons été salués ?

— Par des chiens, dit Witiko.

— Par des cadavres, dit Adalbert.

— Oui, mais quels cadavres ! Les Rouges avaient exhumé les momies des grands-ducs, les avaient collées contre le mur de la cathédrale et les avaient fusillées. Les sortir du tombeau pour les tuer une seconde fois ! Ce sont des spectres décapités qui nous ont accueillis dans leur tenue d'apparat et leurs rubans dédorés, avec leurs perruques et leurs chapeaux à plumes à leurs pieds ! Quel carnaval lugubre ! Quel sinistre gâchis !

– C'est ce qui arrivera à Koenigsberg ! dit Witiko.

– Tu es fou, ils n'entreront jamais !

– Tu le sais mieux que personne, Rüdiger ! Nous allons traverser l'Enfer !

– L'Enfer n'est jamais ce qu'on croit », répondit-il sans s'émouvoir davantage.

Les événements se précipitèrent qui allaient donner corps à la funeste prophétie et instaurer, sinon l'Enfer, du moins un état de choses qui faisait tout redouter. A l'automne ils furent mobilisés et tous ces garçons de seize ans, de la ville et de la campagne, se retrouvèrent à la caserne du Rossgarten avec les estropiés et les vieux de la vieille. C'était tout ce qui restait, en septembre 1944, pour défendre le Troisième Reich.

Les trois recrues s'arrangèrent pour être versées dans la même section et la vie héroïque commença. Rüdiger seul toucha un uniforme ; les deux autres se contentèrent d'un calot, d'un ceinturon et d'un brassard. Pour armes, on leur donna une pelle et une pioche tandis que les hommes de la territoriale recevaient d'antiques fusils qui avaient dû servir à la bataille de Tannenberg. Nous voilà équipés, se dirent-ils. Heureusement ils possédaient de bons fusils de chasse et de la chevrotine et Rüdiger disposait d'un revolver d'ordonnance, cadeau de son père. De quoi arrêter les chars russes, affirmait-il en bouffonnant.

Leur service consistait à fortifier la ligne de la Deime ; des camions les amenaient le matin sur les lieux, les remmenaient le soir. Ils connaissaient bien la Deime, cette vallée leur ayant souvent servi de but d'excursion. Ils voyaient mal, vu la faible dénivellation du terrain, comment on pouvait transformer cet agréable vallon en efficace ligne de défense, mais les survivants de la Première Guerre leur expliquèrent ce qu'on attendait d'eux : rendre les pentes plus raides, les fossés plus profonds, creuser des tranchées autour des villages et surtout abattre des arbres et les amonceler pour gêner la progression des véhicules. Rüdiger et les deux autres étaient consternés pour les arbres ; ils ne croyaient pas qu'un moyen si dérisoire apportât beaucoup de retard à l'avance des unités blindées, ils obéissaient pourtant. Mais s'ils sacrifiaient sans trop de peine pins et bouleaux qui croissent en nombre infini dans ces forêts nordiques, ils épargnaient ormes et hêtres s'ils leur trouvaient de la noblesse et de la beauté. Quant à piocher et bêcher, ils étaient de première force, au point d'en remontrer aux fils de paysans comme si retourner la terre les avait occupés toute leur existence. Leurs paumes s'étaient recouvertes de cals, ils n'y pensaient pas. Ils ne pensaient à rien, tombant le soir dans le sommeil épuisés de fatigue.

Pour Adalbert et Witiko ce nouveau genre de vie leur procurait le grand avantage que le Borusse leur appartenait enfin : des lits côte à côte dans la chambrée, des casse-croûte avalés dans les champs comme au temps des sorties scolaires, une intimité de tous les instants, jamais ils n'avaient été à pareille fête. Absorbés, ravis, ils ne quittaient pas Rüdiger d'une semelle, au point qu'on les surnomma les gardes du corps du chef. Car, une fois de plus, le

Rüdi, c'est ainsi qu'on l'appelait dans la section, le Rüdi avait pris le commandement et remplaçait souvent le lieutenant, d'ailleurs manchot et de santé fragile. C'était lui qui faisait la loi, entretenait des rapports avec les civils quand il en restait, décidait des moments de détente, des endroits à prospecter. Encadré de ses deux amis qui le suivaient comme son ombre, il apparaissait partout où il le fallait et tranchait la question.

Car Adalbert et Witiko étaient enfin devenus les amis de celui qu'ils continuaient à appeler Rüdiger van der Goltz. L'obstacle intérieur qui avait si longtemps entravé ce dernier avait disparu, soit à cause de l'imminence du péril, ou de la vie vécue en commun, ou pour une obscure raison. Le Borusse s'était donné à eux sans réserve et, comme dans tout ce qu'il faisait, corps et âme, avec un élan chaleureux dont la violence les dilatait de bonheur. Ils ne se voyaient plus avec les mêmes yeux, on aurait dit qu'ils étaient devenus des personnes de grand prix : en les aimant, le Borusse les revêtait de splendeur et d'éclat.

Quant à lui, malgré la vie harassante, il continuait à rêver : c'était sa vocation, sa raison d'être. Bien plus, le service militaire et cette vie harassante qu'il menait le délestant de toute autre obligation, il n'avait qu'à rêver encore plus, jusqu'à plus soif, jusqu'à en perdre le souffle. Il se dit qu'il n'allait pas faire de son amitié pour Adalbert et Witiko un monument banal comme celui dont se contentent les petits esprits. Il lui fallait quelque chose de plus rare et de plus noble. A eux trois ils formaient une de ces associations d'hommes telles qu'en a connu l'antique Germanie. Il en savait tant sur le sujet que tout se passa sans accroc, sa gravité, sa virilité et le rayonnement de son corps donnant à la cérémonie tout son poids et toute sa valeur magique. L'initiation se fit dans les bois ; le pâle soleil d'automne rendait la lumière indécise. Des lambeaux de brume flottaient au-dessus du sol. Les trois garçons se jurèrent entraide et fidélité jusqu'à la mort. Ils prêtèrent serment, non sur le feu et le sang comme les anciens Germains, mais sur la foudre et le vent, serment que Rüdiger inventa sur l'instant et pour eux trois uniquement, car il allait de soi pour lui, le chef, comme pour ses deux associés que personne d'autre n'entrerait dans leur triade mystique, qu'ils resteraient trois à jamais. Ils se firent une entaille dans le poignet et chacun but un peu de sang de l'autre. Après la communion, Witiko tremblait, Adalbert semblait ravi hors de lui-même ; le Borusse exultait.

« Mes frères de sang, mes amis, nous ne formons qu'un seul être, je suis vous autant que vous êtes moi. Le même rêve nous unit. Vous me suivrez jusqu'à la mort. Ne la craignez pas, la mort n'est rien quand on meurt sans infamie. Celui qui conserve la foi en ses dieux conserve l'honneur. Nous allons nous mettre à la recherche d'Irmin et nous vouer à lui. »

Adalbert fit effort pour sortir d'extase et demanda d'une voix incertaine où le dieu pouvait être. Son visage brillait. Le sang de Rüdiger l'avait illuminé.

« Irmin hante les bois. L'arbre le plus grand, le plus majestueux lui sert de temple. C'est là qu'il parle à ses fidèles. »

Dès le lendemain ils se mirent en quête de l'arbre

oraculaire. Comme leur service comprenait l'inspection des bois et des parcs situés sur la rive ouest de la Deime, dans les landes désertiques situées aux abords du Kurisches Haff, ils n'eurent pas de peine à justifier leurs randonnées à bicyclette. Ils partaient dans des directions opposées et revenaient pour l'heure du rassemblement, parfois plus tard. Les autres patientaient sans trop grogner, car les trois compagnons racontaient ce qu'ils avaient vu en s'éloignant des lieux habités et des chemins de traverse et ce qu'ils racontaient terrifiait leurs frères d'armes : cela confirmait leurs doutes, leurs angoisses. Ils avaient beau creuser et scier comme si de rien n'était, eux aussi ils pressentaient qu'il était trop tard, que le malheur était à leur porte. Ils voulaient savoir la vérité.

La vérité, ce furent les animaux qui la leur dirent, il n'y avait pas moyen de la nier, de se faire plus longtemps illusion. Ces animaux sans maître et qui erraient à l'aventure que le Rüdi et ses gardes du corps avaient vus, de leurs yeux vus, c'étaient les signes trop certains de la débâcle.

Ces troupeaux de bétail redevenus presque sauvages, qui fuyaient l'homme ou se jetaient sur lui tête baissée, s'avançaient dans les vallées et s'attroupaient dans les endroits où elles forment des méandres, se perdent plus ou moins dans les marécages. Ils trouvaient un fourrage abondant dans les prés non fauchés, dans les roselières laissées à l'abandon. Cela signifiait qu'ils avaient été chassés de la partie la plus orientale de la Prusse, des marches frontières : la Mère Patrie était envahie. Cela signifiait que Memel, Tilsit, Schirwindt, Eydtkuhnen étaient déjà tombés, que le reste allait connaître le même destin. Ces animaux s'avançaient en s'ignorant les uns les autres, masses brutes qui se frottaient sans se connaître et fuyaient vers l'ouest. Quand ils passaient devant une ferme isolée, ils renversaient les clôtures, piétinaient le jardin, broutaient tout ce qui se trouvait à portée, jusqu'à l'écorce des arbres. Les vaches, le pis douloureux, mugissaient en levant la tête vers le ciel. Les bœufs, indifférents, cheminaient sans s'arrêter et tombaient tout à coup de sommeil ou d'épuisement. Des hordes de chevaux galopaient aussi dans les plaines sans but, comme stimulées par un espoir insensé.

Les trois amis virent également filer sous leurs yeux un nombre impressionnant de cerfs, de chevreuils, de renards, de sangliers. Toute la forêt était en émoi ; les animaux détalaient sans raison, dans tous les sens, insoucieux de leur sauvegarde. Les faucons et les éperviers décrivaient de larges cercles dans le ciel gris et fonçaient sur leur proie. Les oiseaux chanteurs se taisaient. Rüdiger dit qu'il avait vu aussi un lynx et une bande de loups.

Il aurait préféré devoir tout aux loups, mais ce furent des chevaux qui lui révélèrent où Irmin cachait sa divinité. Le lieu était beaucoup plus proche de Koenigsberg qu'il ne l'aurait imaginé, mais tellement à l'écart, sans routes ni chemins tracés, tellement désertique dans ces landes de bruyères parsemées de rochers diluviens qu'il ne l'aurait jamais trouvé par lui-même. Il parcourut une étroite bande de terre entre deux lacs aux eaux mornes et contourna celui qui se trouvait à sa gauche jusqu'à ce qu'il arrivât devant une forêt de pins et de bouleaux si denses qu'ils formaient comme une muraille. Il y pénétra par une brèche où il avait vu s'engouffrer les chevaux. Le sol recouvert d'aiguilles étouffait tous les bruits. Une lumière glauque, assombrie, donnait à ces lieux une allure sépulcrale. L'ombre cessa d'un seul coup : il se trouva à l'orée d'une clairière et là il découvrit, au centre de la clairière, un chêne immense au tronc puissant et musculeux, à l'envergure de grand rapace et qui possédait le ciel. Cet arbre aberrant, insolite, semblait tombé là comme la foudre. Interdit, Rüdiger se tint à la limite du territoire sacré. Il vit à distance les chevaux piaffer devant le chêne, puis se battre comme pour une sorte de joute rituelle. Enfin celui qui avait résisté aux assauts de ses congénères, resté seul sous le dôme de ramures, encensa plusieurs fois en l'honneur du dieu et disparut. Alors le Borusse osa s'approcher à son tour de l'arbre formidable et fit acte d'allégeance à celui qui l'habitait.

Il grava l'itinéraire dans sa mémoire, il en dessina un relevé qu'il glissa dans un étui de cuir et porta toujours sur lui, suspendu par une chaîne, comme un talisman. Il revint sur les lieux avec Adalbert et Witiko. Ils étaient maintenant assez imbus des croyances de Rüdiger, assez subjugués par son génie, pour voir ce qu'il voyait, pour entendre ce qu'il entendait, en un mot pour croire. Et c'étaient délices pour eux que partager la foi de leur seigneur, c'était une façon de se fondre en lui, de ne faire qu'un avec lui. Ils frissonnèrent d'horreur en pénétrant sous l'arbre immense qui au-dessus de leur tête élevait ses branches dans un enchevêtrement sans fin : c'était le dôme impénétrable, la nef accueillante à toutes les prières, le labyrinthe des désirs. Ils trouvèrent un rocher aux formes tourmentées, plein d'anfractuosités et de mouvements éperdus. En unissant leurs forces, ils le roulèrent jusqu'au pied du chêne et le dressèrent contre le tronc comme une stèle votive : c'étaient eux-mêmes qu'ils offraient au dieu. Puis Rüdiger prit ses amis par les épaules et s'adressant à la masse gigantesque, défeuillée par l'hiver, il dit avec solennité :

« Irmin, Irmin, toi qui portes le monde, voici tes fils. Sauve-les de tout mal si tu peux. Venge-les s'ils meurent ! »

Sans se désunir, ils posèrent leur visage sur l'écorce tumultueuse du pilier de l'univers et chacun d'eux, dans le secret de son cœur, voua son âme à l'Âme du Monde.

⁂

Décembre s'écoulait. Des rafales de vent glacèrent le pays, puis ce fut la neige. Les soldats eurent la permission de passer les jours de Noël dans leur famille. Ce qu'Adalbert et Witiko firent selon les coutumes chrétiennes, non pour abjurer ce qu'ils avaient promis à Rüdiger, mais parce qu'ils savaient que c'était le dernier Noël qu'ils fêtaient avec leur famille, que pour certains, peut-être pour tous, c'était le dernier Noël de leur vie. Le Borusse, de son côté, ne participa à aucune festivité ; il voulait rester seul avec ses rêveries plus pressantes que jamais en cette fin d'un monde, en cette fin du monde. Car tout allait s'écrouler, il en était sûr. Il aspirait presque à cette ruine, car selon les prophéties, c'était le temps prescrit où les anciens dieux devaient revenir, où dans le délabrement général, dans la catastrophe cosmique Odin donnerait la main à Jésus-Christ.

En janvier le froid redoubla, les grondements venus du front se rapprochèrent et l'aviation ennemie bombarda plus souvent Koenigsberg. Aussi longtemps qu'on entendit la riposte de la défense contre avions et les mitraillades échangées dans les combats aériens, tout alla bien ; les gens, dans les abris, commentaient l'événement avec constance et résignation. Tout changea quand on vit partir les autorités de la ville, les personnages importants du régime, la troupe et la défense aérienne : on comprit que tout était perdu, que Koenigsberg, cette forteresse de première classe, ne serait pas défendue. La panique saisit les habitants. Il y eut des suicides, ceux qui le pouvaient décampèrent. Ils allèrent grossir le flot des réfugiés sur les routes ou s'entassaient dans les trains qui circulaient encore. Le docteur Wallstein reçut l'ordre de partir, ainsi que d'autres professeurs de la faculté de médecine. Adalbert lui demanda de décider sa mère à quitter la ville avec lui, à profiter de sa voiture et de son laissez-passer. Il savait qu'il était le préféré de Mme Siegmann et qu'elle voulait partager son sort. Le docteur fit valoir à celle-ci qu'elle n'avait pas le droit de sacrifier ses trois jeunes enfants en faveur de l'aîné, qu'elle n'avait rien à craindre, Rüdiger s'occuperait de son fils. Elle finit par se laisser fléchir et partit sans dire adieu à Adalbert car aucune force au monde n'aurait pu le séparer d'elle si elle l'avait encore une fois tenu dans ses bras.

Il ne lui vint pas à l'esprit, pas plus qu'au docteur Wallstein, d'aider les garçons à déserter : où se cacher dans un pays si plat que la moindre butte fait figure de montagne ? Et puis la morale s'y opposait. Qui sait si les garçons n'auraient pas repoussé avec mépris la proposition ? Le docteur partit juste à temps pour trouver les routes encore libres. En effet, dès la fin de janvier, les troupes russes, faisant un mouvement de remontée vers le nord, atteignirent l'embouchure de la Vistule : Koenigsberg encerclé de toutes parts devenait un camp retranché, une sorte de trappe maudite avec tous ces réfugiés, ces blessés, ces femmes qui accouchaient dans les infirmeries de fortune où il y avait encore des draps, mais si peu de médicaments !

Il fallait s'en convaincre, la Prusse-Orientale était jetée en pâture aux fauves. Ce qui avait été la réserve sacrée de la germanité, la forteresse où le roi Frédéric-Guillaume et la reine Louise avaient tenu tête à Napoléon, serait sacrifié et les habitants serviraient de victimes propitiatoires : les bourreaux, le poignard levé, n'attendaient que le signal.

Il restait pourtant une route, un espoir : s'embarquer à Pillau, l'avant-port de Koenigsberg, et gagner l'autre rive du golfe de Dantzig, ou bien, au risque de voir la glace céder sous le poids, gagner l'étroite bande de terre qui sépare le Frisches Haff de la mer Baltique. Les désespérés tentaient l'aventure et sombraient souvent dans les eaux. L'unique route pour atteindre Pillau vit alors passer un cortège hagard de femmes, de vieillards et d'enfants, abrutis par la terreur et le manque de sommeil, mais marchant sans cesse et tirant qui une charrette, qui une simple luge. Le froid était glacial : quand la température s'adoucissait, la neige commençait à tomber, et souvent par rafales. Les gens mouraient dans les fossés, sur la route même ; personne n'y prenait garde. Il fallait avancer de quelques pas vers l'espoir et l'on avançait.

La baronne von Gluckesberg et ses deux filles n'avaient pas d'autre moyen d'évasion. Witiko, qui depuis la mort de son père se tenait pour le chef de famille et responsable de tout, les força à tenter l'aventure : il repensait aux atrocités de Riga, de Mitau, aux momies des grands-ducs décapitées devant l'église. Elles gagnèrent le port et réussirent à s'embarquer, mais le bateau où elles avaient pris place fut bombardé par l'aviation soviétique et coula corps et biens. Quand Witiko connut la nouvelle, il eut comme un accès de folie : il était responsable de la mort de sa mère, de ses sœurs, il les avait contraintes au départ. Leurs cadavres pesaient sur lui et l'étouffaient. Quand il reprit ses sens, il se jeta sur la poitrine de Rüdiger.

« Je n'ai plus que toi au monde », lui cria-t-il.

L'Enfer dont il avait, quelques semaines plus tôt, pressenti les ténèbres et les gouffres se précisait. L'artillerie russe bombardait sans cesse la ville. C'était miracle de voir une maison intacte. La plupart étaient réduites à une façade, à un pignon, à un pan de mur, un coup de vent et tout s'effondrait. Les gens vivaient maintenant comme des bêtes nocturnes dans les sous-sols et dans les caves. Les cryptes des églises, les étages inférieurs du château et les souterrains des anciennes fortifications étaient l'objet de toutes les convoitises. La vieille ville s'animait comme au Moyen Age.

Le service des trois compagnons consistait à déblayer les rues, à consolider les ruines, à transporter les blessés aux postes de secours. Car il y avait des blessés à chaque bombardement, et la plupart mouraient faute des soins qu'on ne pouvait leur donner.

La caserne du Rossgarten étant, comme les autres casernes, en partie ruinée, les soldats originaires de Koenigsberg furent autorisés à se loger chez eux, ou chez des amis, n'importe où, pourvu qu'ils soient là à l'heure du rassemblement. Dans l'effritement progressif de ce qui restait de l'autorité civile et militaire, cette mesure parut des plus sages, puisque le licenciement de ces hommes était hors de question ! Adalbert, Witiko et Rüdiger trouvèrent refuge dans la villa du docteur Wallstein dont une partie, au moins, tenait encore bon, mais il y faisait un froid terrible. Les trois garçons dormaient tout habillés, serrés les uns contre les autres sous des couvertures pour trouver quelque chaleur. Le matin ils se frottaient avec de la neige et s'étrillaient au gant de crin pour se désengourdir. Ils continuaient à accomplir leur devoir, mais ils le faisaient dans un état second, dans une sorte d'hypnose. Ils ressemblaient de plus en plus à ces animaux rendus à la sauvagerie qui, l'automne précédent, leur avaient annoncé le malheur.

Assiégés par l'hiver et le froid, environnés par la détresse de ces réfugiés lancés sur les routes et qui tournaient en rond ou bien se laissaient mourir sur les côtes de la Baltique, troupeau obscur et grouillant, les trois amis, la fière triade, ne savaient plus s'ils veillaient ou s'ils rêvaient. Travaillant dans les décombres jusqu'à la limite de leurs forces, mangeant ce qui tombait entre leurs mains dans les maisons éventrées, buvant tout ce qu'ils trouvaient pour se donner du cœur, pour oublier l'horreur présente, ils vivaient dans un état de surexcitation morbide et leurs yeux brillaient d'un éclat étrange dans leurs visages amaigris. Coupés du monde, repliés sur eux-mêmes, ils attendaient l'assaut final. L'énergie de Rüdiger, doublée de son caractère indomptable, était le seul viatique des deux autres. Ils leur arrivait parfois de retrouver le délire où les avait plongés le pacte du sang. L'unité fabuleuse se reformait et la triade, comme au premier jour, attisait sa ferveur et prenait feu. Mais ces instants étaient rares et se payaient cher, car le Borusse de plus en plus possédé par l'esprit de la fin des temps s'absentait de lui-même et vaticinait. Pendant la nuit, tout en grelottant il se dressait sur son séant et parlait à voix haute. Adalbert et Witiko ne savaient s'il dormait ou s'il était conscient de ce qu'il proférait. Les prophéties les plus sinistres de la Voluspa lui revenaient à l'esprit : dans cet âge barbare d'épées, de rapines et de tempêtes, les loups allaient dévorer le soleil. Le Borusse apostrophait leur chef, le loup Fenris, qui marche à la tête des puissances du mal et détruit de ses mâchoires hideuses tout ce qui subsiste encore de pur et d'éclatant. « Lumière, ténèbres ! criait-il. Création, destruction ! Par le sang et par le feu, nous allons tous périr ! Les dieux eux-mêmes vont périr, le ciel se fendre par moitié et dans l'abîme entrouvert on verra se ruer le feu de l'univers ! » Il s'agitait comme un possédé, bourrait ses amis de coups et tombait soudain à la renverse, masse inerte, désertée par la vie. Au matin, il agissait comme d'habitude et jamais Adalbert et Witiko n'osèrent devant lui faire allusion à ces divagations qui les pénétraient d'épouvante. Ils vivaient en enfer comme ils l'avaient naguère pressenti, mais ils vivaient aussi dans une communion mystique si étroite, si intense qu'ils acceptaient l'épreuve.

Ils en venaient parfois à souhaiter que les Russes donnent l'assaut final. Mais on aurait dit que, pouvant à tout instant de leur choix entrer dans Koenigsberg, ils préféraient voir la ville tomber d'elle-même ravagée par la faim, le typhus et le désespoir. Attendaient-ils que la population restante se donnât la mort dans un égorgement général comme le fit autrefois Numance ? Attendaient-ils que la Baltique, sortant de son lit millénaire, submergeât le pays ?

Les bombardements continuaient, car on bombarde les ruines et les ruines s'accumulaient. Un jour, les trois soldats dégageaient une rue, l'attaque fut si soudaine qu'ils n'eurent pas le temps de gagner l'abri. Adalbert fut touché par des éclats d'obus et s'effondra, sans un cri, après avoir fait deux tours sur lui-même. Les deux autres le transportèrent au poste de secours, sans attendre la fin de l'attaque. Ils s'attendaient au pire, le médecin ne leur laissa aucun espoir. Adalbert était blessé au ventre de plusieurs éclats et faute de tables opératoires, faute d'anesthésiants, on ne pouvait plus rien pour lui, sauf l'allonger avec les autres dans un souterrain, où l'air infect était traversé par les râles des agonisants. Beaucoup de ceux qui gisaient là étaient de tout jeunes gens, des lycéens comme Adalbert ou des garçons de la campagne ; le froid qui pétrifiait le réduit les engourdissait avant que la glace de la mort ne vînt les saisir. A la lumière vacillante des lampes à huile, on distinguait des formes immobiles au chevet des moribonds, leurs mères sans doute, paysannes au visage impénétrable, taillé dans le bois. Rüdiger et Witiko furent autorisés à rester près de leur ami qui gisait inconscient. Il reprit un moment ses esprits et ce fut pour souffrir. Le souffle court, il respirait avec peine et poussait parfois des gémissements confus. S'apercevant de la présence de ses compagnons, il saisit la main de Rüdiger qu'il posa sur sa poitrine. Il la tint serrée contre lui jusqu'à la fin. Son agonie dura toute la nuit.

Au petit jour Rüdiger et Witiko quittèrent l'hôpital, si l'on peut appeler hôpital un endroit où on laisse mourir les hommes sans autre remède que le froid pénétrant ; ils sentaient bien que maintenant qu'Adalbert était mort, ils ne pouvaient lui survivre, que le terme de leur existence était arrivé. Dans l'état de tension nerveuse et de détresse où ils étaient, ils n'envisageaient pas autre chose.

« Le chêne d'Irmin est notre unique recours, dit Rüdiger. Au-delà de lui, il n'y a plus rien, nous n'avons plus rien. »

Dans la lumière crépusculaire ils longèrent les fortifications, se dirigeant vers le nord, en direction du Kurisches Haff. Une paysanne qui avait apporté un chargement de bois les fit monter dans sa charrette. Ils en descendirent quand ils trouvèrent deux chevaux errant en quête de fourrage et qui, se rappelant que l'homme donne à manger, acceptèrent ces maîtres passagers. Ils les montèrent à cru, s'agrippant à leur crinière quand ils prenaient le galop.

Quand ils atteignirent la bande de terrain qui serpente entre des lacs, ils abandonnèrent leurs montures qui se jetèrent sur les joncs et les roseaux qui émergeaient sur la rive. Le dégel avait commencé. Rüdiger et Witiko s'appliquaient avec scrupule à suivre le même chemin qu'ils avaient parcouru avec Adalbert. Joie et horreur mêlées, ils marchaient côte à côte sans parler. Ils savaient qu'ils allaient audevant de la mort, qu'ils marchaient vers leur propre mort. Tous mots inutiles, leurs pensées étaient à l'unisson. Ils allaient, lucides, déterminés, et pourtant leur démarche était hagarde et leur cœur battait à se rompre.

Ils reconnurent à peine la muraille de pins et de bouleaux tant les obus l'avaient déchiquetée : c'était un fouillis d'arbres renversés, éclatés, aux branches emmêlées, encore recouvertes de neige. Avec d'extrêmes précautions, ils s'engagèrent sous cet abattis, redoutant de sauter sur une mine, sur un obus non encore explosé : ils voulaient avant de mourir revoir le pilier de l'univers. Ils se glissaient sous les troncs, écartaient les branches qui les gênaient ; ils progressaient à couvert et la neige étouffait tous les bruits.

Quand ils atteignirent la clairière, ils virent que le chêne d'Irmin avait résisté à la destruction et se dressait toujours là, plus formidable que jamais, protégé par des armes invisibles. Le crépitement d'une rafale de mitrailleuse les avertit que leur présence avait été décelée. Ils se jetèrent à plat ventre et rampèrent vers l'arbre. Les balles faisaient voler autour d'eux le sable, la neige, les bruyères. Ils arrivèrent hors d'haleine au pied du chêne ; à tâtons, leurs mains s'agrippèrent au rocher qu'ils avaient dressé contre le fût et, protégés par le tronc immense, ils se mirent debout. Le crépitement de la mitrailleuse redoubla. Les yeux fous, ils se regardèrent une dernière fois, se serrèrent l'un contre l'autre et s'étreignirent avec violence.

« Irmin, Irmin, sauve-nous ! » cria Rüdiger.

Le dôme de ramures fut agité d'un long bruissement, étrange et douloureux, comme si le dieu parlait sa langue native et donnait sa réponse. L'oracle résonna. Rüdiger et Witiko sentirent que l'arbre s'entrouvrait : il recueillit ses fidèles et se referma sur eux.

LA VOLERIE DES AIGLES

Sa mère lui avait si souvent dit « Tu es jolie comme un ange, tu m'es tombée du ciel, tu es mon ciel », que Selma se croyait un pur esprit, un ange assurément : n'avait-elle des cheveux blonds et bouclés, des yeux bleu lin, le nez bien droit et la bouche rosée ? C'est ce que nous apprennent les images de piété. Selma, à quatre ans, vivait dans l'intimité des anges avec une aisance que lui auraient enviée beaucoup de saints.

« A qui parles-tu ? demandait Maman.

– A mon bon ange.

– Tu es sûre qu'il écoute, Selma ?

– Il me répond.

– Est-ce que tu le vois ?

– Non, mais j'entends le bruit de ses ailes. Elles sont douces, elles sont tièdes.

– Tu oses y toucher ?

– C'est lui qui le veut. »

Maman hochait la tête : elle y croyait sans y croire, elle doutait. Tout ce qui lui était arrivé la confondait tellement qu'elle ne répondait plus de rien. Sait-on jamais ? était devenu sa maxime. Aurait-elle imaginé qu'elle serait veuve à dix-huit ans ? Que Selma ne connaîtrait pas son père ? Que la vie continuerait après le désastre de son existence privée ? Il fallait s'en convaincre, le jour était encore le jour, et la nuit la nuit.

Selma et sa mère ne se quittaient pas ; elles dormaient dans la même chambre, partageant les mêmes joies et la même tristesse. L'enfant en avait acquis une inquiétante maturité, et la mère une spontanéité vulnérable et tendre qu'elle n'avait pas eue jusqu'alors.

Laure Wilmer avait été une jeune fille rebelle et violente. Elle avait épousé Damien contre le gré de ses parents et l'avait perdu, à peine possédé : il avait été tué sur le front de l'Est, quelques mois après son mariage. Elle ressentait cette disparition comme une punition ; Dieu la châtiait de son orgueil et de sa témérité. Elle avait voulu n'en faire qu'à sa tête, vivre à sa guise et jeter le reste aux chiens : c'était elle maintenant qu'on rejetait. Non que sa famille lui tînt rigueur de sa conduite passée, c'était elle, outrée de douleur, qui voulait s'ensevelir avec son mari et refermer sur elle le suaire qui n'avait pas enveloppé son corps ; on avait dû le mettre à la fosse commune, à moins qu'on n'ait abandonné ses débris aux chiens errants, aux oiseaux de proie. Laure Wilmer ne pouvait supporter une telle idée, mais l'idée revenait sans cesse et cette souffrance, secrètement entretenue, rendait la jeune mère ombrageuse. On la plaignait, on l'évitait aussi. Elle ne faisait rien pour remédier à son malheur et se confinait dans la solitude pour s'unir à ce Damien qu'elle avait si peu de temps tenu dans ses bras.

Cette solitude, loin d'être atténuée par la présence de l'enfant, s'en trouvait au contraire renforcée puisque Selma lui rappelait son mari et quand elle lui parlait, c'est à Damien qu'elle s'adressait. Il était toujours présent. Tout en sachant très bien que Selma était trop jeune pour la conseiller, c'était à elle qu'elle demandait comment il fallait s'habiller, répondre à telle lettre ou chasser une migraine. Elle espérait on ne sait trop quoi. En réalité, c'est à son mari qu'elle parlait. Très vite, Selma sentit quel empire elle exerçait sur sa mère ; instinctivement elle tint à garder ce qu'elle avait, le pouvoir absolu sur cette femme encore enfantine que les autres tenaient pour une grande personne et que la petite Selma regardait comme un être à sa dévotion, qui ne vivait que pour l'adorer et la servir, qui se trouvait tout exprès sur la terre pour remplir cette fonction.

Il faut dire que Laure Wilmer entourait sa fille de soins exaltés, s'inquiétant de ses moindres changements d'humeur et lui attribuant des maux imaginaires dont l'enfant ne manifestait aucun symptôme.

« Selma chérie, dis-moi où tu as mal ! Ne cache rien à ta maman ! Veux-tu une tasse de lait ? Veux-tu sortir ? Ou bien préfères-tu que nous jouions à la poupée, à la marchande ? »

La petite fille ne répondait pas et ce silence désespérait la pauvre mère jusqu'au moment où l'enfant se jetait dans ses bras.

« Je veux toi ! Je veux toi ! »

C'était alors des tendresses et des baisers à n'en

plus finir qui s'arrêtaient tout soudain quand Laure Wilmer, se ressouvenant de la disparition de son mari dans cette lointaine, cette fantomatique Prusse Orientale, éclatait en sanglots.

« Quand je pense, mon ange, que tu ne connaîtras jamais ton papa ! Ton père qui était la beauté, la générosité sur la terre ! »

Selma, enfant nerveuse, émotive, portée à la rêverie, pleurait aussi et le reste de la journée se passait misérablement.

La petite fille éprouvait un amour déçu, plein de hargne et de regret, pour ce père toujours absent, toujours présent et de façon si lugubre : dans les larmes. Elle aimait à rire, elle aussi : les anges ne pleurent pas sans cesse ! Comme on ne peut pas vivre sans père, elle s'en inventait un qui ressemblait aux deux personnes qu'elle connaissait le mieux, elle-même et sa mère. Elle se regardait souvent dans le miroir, et avec beaucoup de satisfaction : son père avait donc ses cheveux, son visage, mais il avait la stature et le corps de maman : c'était un ange immense, nocturne. Il ne ressemblait pas, il ne ressemblerait jamais à oncle Joachim que Selma détestait. C'était le frère jumeau de son père, son image dans un miroir. Selma sentait bien que Maman ne regardait pas oncle Joa comme les autres hommes de la famille ; elle lui avait dit que celui-ci avait les mêmes traits, les mêmes gestes, les mêmes tournures de langage que le jumeau disparu. C'était à s'y tromper et Laure Wilmer, afin de ne pas céder au vertige, ne voyait son beau-frère qu'une fois l'an au grand dîner qui réunissait la famille. Encore s'arrangeaitelle pour ne pas croiser ses regards. D'ailleurs Selma veillait et ne manquait aucune occasion de manifester son animosité contre son oncle. On prétendait qu'il ressemblait à son père, mais elle savait bien, elle, que celui-ci avait une apparence toute différente. D'où le tenait-elle ? Du ciel. Son bon ange le lui avait dit. Oncle Joachim ne pouvait avoir la semblance de ce père merveilleux, c'était un homme pareil aux autres hommes, ni beau ni laid. Elle ne lui aurait porté aucune attention si son instinct ne lui avait révélé qu'il constituait une menace pour sa mère, que sa mère le craignait.

Laure Wilmer était née à Mulhouse où elle avait toujours vécu. Dans un pays où les liens de famille sont étroits et chaleureux, la retraite de Laure, son deuil éternel et sa volonté de vivre à l'écart de tous ne trouvaient pas que des approbateurs ; on jugeait son entêtement excessif et bien dangereuse la façon dont elle élevait sa fille. La seule personne qui fût à même de le lui reprocher et de se faire écouter était Bonne-Maman, la mère de Laure. Elle ne s'en privait pas, elle conseillait avec prudence, sans élever le ton. Elle voulait avant tout que Selma allât à l'école afin d'y fréquenter des enfants de son âge.

« Elle est si en avance qu'elle y perdrait son temps, répondait Laure. Le moment venu, je lui ferai donner des leçons privées.

— Mais le contact des autres enfants...

— Elle n'en a aucun besoin. Nous nous suffisons l'une à l'autre. Je joue avec elle quand elle a envie de jouer.

— Et elle pleure avec toi quand tu as envie de pleurer, c'est bien cela ? Ma pauvre petite, les choses ne pourront pas continuer ainsi. »

Mais Laure ne voulait pas se séparer de sa fille : Selma la protégeait, Selma la défendait contre ce fantôme chéri et pourtant redouté. Comment passer les heures où Selma irait à l'école ? Elle avait peur d'être seule avec Damien.

Bonne-Maman avait de la suite dans les idées. Pour rompre le cercle enchanté où sa fille tenait la petite Selma et, qui sait ?, inspirer à celle-ci le désir de voir d'autres personnes, elle décida de réunir ses petits-enfants et tous leurs amis pour une sauterie costumée. Ça ne se fait plus beaucoup, dit-elle, mais n'importe ! Depuis la fin de la guerre les occasions de s'amuser se comptent sur les doigts de la main.

Cette proposition séduisit la jeunesse et chacun de se voir en gitane ou en brigand. Laure n'osa pas refuser ; elle confectionnerait à Selma un costume d'ange, tunique de mousseline blanche, ceinture d'argent et, pour les ailes, de la gaze qu'elle tendrait sur une armature en laiton et, bien sûr, des étoiles dans les cheveux. Le déguisement fut bientôt prêt et, la veille de la fête, pour s'assurer que tout allait à merveille, Laure Wilmer passa le costume à sa fille. Selma roucoulait de bonheur. La robe lui allait bien, on devrait l'habiller ainsi tous les jours. N'était-elle pas un ange ? Il fallait la vêtir de mousseline et la couronner d'étoiles. Laure était assise dans un fauteuil et souriait en regardant sa fille : l'habiller en ange de temps en temps, oui, pourquoi pas ? Mais tous les jours, on l'accuserait de gâter trop Selma, de la pourrir. Afin de gagner la partie, la petite fille sauta sur les genoux de sa mère, se pelotonna contre elle et par manière de jeu, sans savoir ce qu'elle faisait, elle saisit les deux cordons d'argent torsadé qui descendaient jusqu'au bas de la tunique et les noua autour de Laure. Mère et fille, qui avaient toujours vécu ensemble, n'avaient pourtant jamais été encloses dans le même espace, serrées l'une contre l'autre par le même lien. Que se passa-t-il à ce moment-là ? Quel champ magnétique fortuitement créé vint troubler leur existence ? Elles eurent la sensation de tomber ensemble dans un gouffre obscur. Chute vertigineuse et lente, elles étaient comme portées sur un nuage qui leur épargnerait de s'écraser tout au fond, mais non d'être retenues prisonnières dans ces ténèbres glacées, pour combien de temps ? pour toujours peut-être.

« Selma, mon enfant, comment te sens-tu ? » demanda Laure Wilmer.

Sa fille ne lui répondit pas, une vision s'emparait d'elle, de ses yeux, de sa tête, une vision qui s'installa en elle pour n'en plus jamais déguerpir et qui la torturait tout en la possédant. C'était une vision atroce, insoutenable ; elle poussa un cri d'épouvante et perdit connaissance dans les bras de sa mère qui ressentit en même temps un malaise profond, une sorte d'horreur, mais trop vague pour qu'elle pût deviner ce qui bouleversait sa petite fille.

« Selma, cria-t-elle, Selma, réponds-moi ! »

Elle ne répondit pas et sa tête retomba en arrière.

Laure défit le nœud qui l'attachait à sa fille et se jeta sur le téléphone pour appeler le médecin de famille. Elle allongea Selma sur un divan. Son cœur battait faiblement ; elle restait inconsciente, les yeux fermés.

Son esprit était fort loin, dans cette Prusse-Orientale dont sa mère lui parlait souvent, où reposait son père sans sépulture ; elle reconnaissait ce pays de forêts et de lacs, de landes et de rochers qui affleurent le sol, elle l'avait déjà vu sans l'avoir jamais vu : c'était le paysage mental qui épouvantait sa mère. Les Russes s'y enfonçaient au plus fort de l'hiver avec les rafales de neige et le vent. Les soldats allemands avaient reçu l'ordre de couvrir l'exode de la population qui cheminait sur les routes glacées. C'était une mission désespérée, autant dire qu'il fallait se faire tuer sur place pour retarder de quelques heures l'avance ennemie. Damien Wilmer savait cela, mobilisé comme tous les Alsaciens de son âge pour défendre une patrie qui n'était pas la sienne. Sentant bien que tout était perdu et qu'il allait mourir avec les autres, il voulut au moins vendre chèrement sa peau. Il grimpa dans le clocher du village que la compagnie avait pour mission de tenir le plus longtemps possible et découvrit l'horizon figé sous la neige, les forêts blanchies, le ciel gris et bouché. Les Russes se détachaient en silhouettes sombres sur le sol durci par le gel. Il en abattit autant qu'il put, sans plaisir, comme si une force irrésistible l'avait obligé à appuyer sur la détente. Un obus éventra l'église, il descendit de son observatoire et se réfugia derrière l'autel. C'est là qu'il fut saisi ; un officier lui arracha son casque et lui tira une balle dans la tempe. Il ne s'en tint pas là. Par dérision ou par sacrilège, il le fit crucifier sur la porte de l'église, comme un épervier, comme un rapace détesté. Le sang qui coulait du trou de sa tête penchée balafrait sa joue, tombait à ses pieds et faisait sur la neige une étrange fleur carminée.

Cette vision entra en Selma pour n'en jamais ressortir. Quand elle reprit connaissance, ce fut pour détester tout ce qui l'entourait, pour accuser le monde entier de ce qu'elle était obligée de supporter. Le médecin ne constata en elle ni fièvre, ni douleur particulière, ni lésion apparente, mais un trouble psychique qui bloquait toute son activité consciente ; Selma semblait ne pas entendre ce qu'on lui disait et, si elle entendait, elle se refusait à parler ; en tout cas, elle était dans l'incapacité de répondre.

« Cette enfant a subi une frayeur mortelle, elle est encore sous le choc. Il faut la mettre au lit, la calmer, la rassurer surtout. Je ne sais pas de quoi elle a pu avoir peur sur vos genoux, dans vos bras, mais il est assuré qu'une grande frayeur suspend tout son être. »

Malgré les soins qu'elle reçut, jamais Selma ne put recouvrer la parole. Avant de s'endormir, ou bien en rêve, il lui arrivait de prononcer un mot, toujours le même ; encore ne pouvait-elle pas le faire par un acte de sa volonté. Le mot venait de lui-même sur ses lèvres, c'était « oiseau ». Elle vivait dans un pays de neige, taché de fleurs de sang, hanté de grands éperviers crucifiés. Ils tournoyaient autour d'elle et l'un d'eux, parfois, s'abattait sur son lit, ses ailes immenses la recouvraient comme un suaire et elle se confiait à lui. Elle savait que cet oiseau était son père, qu'il n'avait pas d'autre moyen pour se manifester à elle ; il l'aimait, il la protégeait, il était toujours auprès d'elle, invisible.

On consulta des spécialistes, des psychiatres, des voyantes, des guérisseurs, rien n'y fit. Selma semblait enfermée en elle-même, incapable d'avoir la moindre communication avec autrui, même avec sa maman qu'elle reconnaissait la plupart du temps, à qui elle aurait voulu faire plaisir ; sa mère lui demandait l'impossible : quand Selma s'efforçait de parler, des sons inarticulés sortaient de ses lèvres. Elle les entendait fort bien, elle les trouvait affreux : on aurait dit ceux d'un animal traqué. Alors elle souriait à Laure Wilmer pour dissiper l'horreur que produisaient ces bruits rebutants.

Les différentes personnes de la famille dont elle n'avait jamais recherché l'affection la considéraient avec plus de curiosité que de compassion, seule Bonne-Maman continua à lui témoigner la même tendresse qu'avant. Elle lui racontait des histoires que Selma écoutait avec plaisir parce que Bonne-Maman n'exigeait jamais de réponse, parlait pour le plaisir de parler. Aussi l'enfant lui obéissait-elle sans rechigner, avec plus de docilité encore qu'envers Laure Wilmer qui, même quand elle ne demandait rien, semblait toujours demander quelque chose. Envers le reste de la famille, Selma se montrait renfrognée, agressive, franchement violente parfois. Elle distribuait des coups qui portaient. En grandissant, elle prenait des forces et devenait redoutable. L'ange s'est transformé en démon, pensait-on. L'oncle Joachim était toujours sa bête noire, et pourtant c'était celui qui s'intéressait le plus à elle et cherchait à alléger son malheur.

Un été, il proposa une excursion à sa belle-sœur :

on lui avait parlé d'un endroit où l'on avait apprivoisé des oiseaux de proie et l'on pouvait assister à leur repas. C'était *la Volerie des aigles* près de Kientzheim. De jeunes aventureux avaient eu l'idée de cette manifestation peu commune et s'étaient retranchés dans les ruines du château de Landsbourg. Laure Wilmer hésita. Depuis la mort de Damien, elle n'avait pas quitté la ville. Comme à tant de Mulhousiens, les sentiers du Rehberg et les ombrages du Tannenwald lui tenaient lieu de tout. Mais, pensant que le vol superbe des oiseaux distrairait Selma, elle finit par accepter.

Joachim choisit une journée ensoleillée et prit la route des vignobles pour gagner Kientzheim. La nouveauté du paysage semblait amuser Selma qui, installée à l'arrière de la voiture avec sa mère, regardait avec plaisir ce qui défilait sous ses yeux.

Ils arrivèrent avant l'heure prévue pour le repas des oiseaux et prirent place dans ce qui restait de la cour intérieure du château féodal. Des blocs de pierre, détachés des remparts, servaient de sièges. Les aigles étaient confinés dans les ruines du donjon, les faucons et les vautours dans celles des tours d'angle. A trois heures le spectacle commença ; les aigles furent libérés. Avant de fondre sur les morceaux de viande que leur tendait le dresseur, ils décrivirent dans le ciel des rondes et des rondes, rien de plus beau que l'envergure de leurs ailes, la noblesse de leur vol, leur façon de suivre les courants du vent et de planer. Selma les regardait, fascinée. A plusieurs reprises, elle battit des mains pour exprimer sa joie et Laure, la voyant manifester de l'intérêt pour quelque chose, reprit l'espoir qu'on pourrait la guérir un jour.

Après les aigles royaux, les vautours furent appâtés. C'étaient en fait des gypaètes, des vautours barbus. Moins méfiants ou plus goulus, ils ne firent pas de façons et se jetèrent tout de suite sur la viande avariée qu'on leur offrait. Ils en avalèrent tant et plus ; une fois rassasiés ils voletèrent çà et là, se posant avec familiarité tout près de ceux qui les regardaient et qui purent admirer leur tête claire, d'un blanc crémeux, ornée de cette barbiche qui leur vaut leur nom. Ce sont de beaux rapaces dont le cou n'est pas déplumé, et leurs ailes immenses balayaient le sol rocheux. L'un d'eux, à pas comptés, se dirigea vers Selma et le dresseur fit signe qu'elle ne courait aucun danger. Le gypaète se dressa sur ses fortes pattes, battit des ailes et poussa un cri enroué, déchirant. A la surprise de tous, la petite fille loin de prendre peur s'écria sur un ton extasié : « Oiseau ! » Le gypaète se calma aussitôt et ses yeux bruns, si tristes, se posèrent sur l'enfant avec une dévorante fixité. Selma, qui tout à l'heure semblait noyée de plaisir, devint grave et ses yeux se remplirent de larmes. C'était la première fois, depuis qu'elle avait cessé de parler, qu'on la voyait pleurer.

Laure, ne sachant comment expliquer cette émotion soudaine, voulut distraire à tout prix sa fille et puisqu'ils se trouvaient si près de Ribeauvillé, elle eut l'idée de montrer à Selma le château Saint-Ulric qu'elle avait visité tout enfant et qui n'avait pas cessé d'exercer sur elle la fascination des ruines. La famille la plus puissante d'Alsace avait vécu là ; elle y avait donné des fêtes, elle y avait goûté aux charmes d'une vie luxueuse, éclatante et bariolée, cette vie même dont Laure avait rêvé naguère et qui désormais lui était interdite. Une fois encore elle voulait s'en donner l'illusion. Selma parut accepter ; en tout cas, elle ne poussa pas de ces cris lugubres qui manifestaient chez elle le refus catégorique.

La voiture fut rangée sur le bas-côté, près du sentier qui conduit au château. La grimpée commença, abrupte dès les premières pentes, puisque Saint-Ulric, juché sur un éperon de rochers, surplombe souverainement la plaine d'Alsace. Laure craignait que sa fille ne fût rebutée par l'effort à fournir, mais on aurait dit que tout au contraire elle prenait plaisir à grimper comme un chevreau, elle précédait sa mère d'un pas alerte et léger, sans jamais s'arrêter ni reprendre souffle. Joachim Wilmer fermait la marche ; cette promenade imprévue lui rappelait les excursions d'autrefois avec Damien, avec ses camarades de lycée. Toute une période de sa vie lui revenait à la mémoire et lui qui n'était pas enclin à songer au passé et à s'attendrir sur lui-même, il se laissait aller à la mélancolie.

Quand ils parvinrent dans la grand-salle du château, ils eurent comme un éblouissement. Laure et Joachim ne se rappelaient plus l'ampleur de ses proportions, sa beauté aérienne et la somptueuse vue qu'on a de ses fenêtres, toute la plaine verte et blonde de l'Alsace et les montagnes de la Forêt-Noire. On ne pouvait faire autrement que s'approcher de ces fenêtres à l'arcature forte et délicate et s'asseoir sur les banquettes de pierre qui, lorsque jadis elles étaient munies de coussins de velours et de brocart, devaient inviter à la contemplation et à la rêverie. Laure ne put résister au plaisir amer de comparer ce qu'elle avait éprouvé quand, jeune encore, elle avait découvert ce belvédère privilégié et ce qui lui était échu. Elle avait cru que la chance se mettrait de son côté et que, partout où elle irait, rien ne lui résisterait : il lui suffirait d'apparaître pour avoir déjà gagné. Mais à la première aventure, elle était tombée de haut, et de quelle hauteur ! Elle en était toute brisée, anéantie. Ne devait-elle pas renoncer à elle-même, oublier ses désirs puérils, ses aspirations extravagantes pour aider sa fille à surmonter son malheur ? Oui, plus Selma avancerait en âge, plus il serait difficile d'exercer de l'ascendant sur elle. L'ange était devenu, non pas un démon, mais un esprit élémentaire, indomptable : comment faire pour avoir mainmise sur elle et la maintenir le plus longtemps possible dans les limites d'une problématique humanité ?

Laure regarda Selma qui, pour l'instant, parcourait la grand-salle en sautillant, en courant, apparemment absorbée dans cette agitation sans but qui pour elle signifiait peut-être quelque chose. Laure Wilmer était lasse de vivre avec cette enfant dont elle n'ignorait pas les tourments, mais comment y porter remède ? — dont le lent suicide était comme un constant reproche, mais quelle faute Laure avait-elle commise ? Elle se sentait coupable et ne savait pas de quoi.

« A quoi pensez-vous ? » demanda tout à coup Joachim.

C'était une question que Damien lui avait posée plusieurs fois au temps de leurs fiançailles, exactement avec cette intonation-là. Prise au dépourvu, Laure n'eut pas l'habileté de taire la vérité.

« A Selma qui passe et repasse devant nous sans nous voir. A force de vivre à côté, j'ai peur qu'elle se détourne tout à fait de nous, qu'elle sombre dans je ne sais quoi... Je ne le supporterai pas.

– Je vous aiderai. »

Il était debout sur le rebord de la fenêtre au-dessus de la banquette où Laure était assise. Il se pencha légèrement et mit la main sur l'épaule de sa belle-sœur.

« Vous devez compter sur moi.

– Non, je serai toujours seule. Vous ne pouvez rien pour moi, personne ne peut rien pour moi. Sauf elle. Selma, cria-t-elle, Selma, viens ! »

L'enfant crut que c'était un appel au secours. Elle se précipita vers sa mère, sauta sur la banquette et, de là, sur le rebord de la fenêtre où Joachim se découpait à contre-jour comme un immense oiseau. Elle le saisit par la taille dans un mouvement si impétueux, si imprévu, si dominateur aussi qu'il perdit l'équilibre et tomba dans le gouffre. Les cimes des sapins ralentirent un peu sa chute, il s'écrasa pourtant sur les rochers, le crâne fracassé. Selma qui l'enserrait étroitement n'avait aucune blessure apparente. Elle ne respirait plus, elle était morte d'horreur ou de joie.

L'APPARITION DE LA ROSE

Au hasard d'un voyage en Alsace, pays où je n'étais jamais allé et qui m'apparaissait aussi légendaire que la Courlande ou la Dalécarlie, je découvris au fond de la vallée de Munster, au pied même du Petit Ballon, le village dont je portais en moi l'image pour l'avoir vue en rêve; je m'imaginais que j'allais y goûter une espèce de bonheur. Pareil au cavalier fourbu, mais content d'avoir fourni une longue étape, je me dis que j'étais arrivé, que j'étais enfin chez moi. Il y avait sans doute beaucoup de naïveté dans cette conviction et je me serais attiré des moqueries si je l'avais confiée à quelqu'un. Mais, n'ayant personne à qui faire partager mon enthousiasme, je ne risquais pas de me voir donner un démenti. Persuadé que j'avais bien raison, que Wasserbourg (c'est ainsi que s'appelait la Thébaïde dont je me promettais tant de délices) m'apporterait ce dont j'avais besoin pour renaître à l'existence, je décidai d'y passer deux ou trois semaines, d'achever là mes vacances.

Wasserbourg s'étirait le long de la rivière, l'étroitesse de la vallée ne permettant pas aux maisons de former des places ni des rues secondaires. Tout au plus se pressaient-elles en plus grand nombre autour de la mairie et de l'église. Le tracé capricieux du village m'enchantait ; il se soumettait au désordre réglé de la nature. On venait de faucher ; les prairies embaumaient. Les odeurs de sauge et de sainfoin dominaient. Un ruisseau à truites, ou plutôt un torrent, longeait la route et l'enveloppait de son murmure. Sous les plumets des roseaux et sous les reines-des-prés, il jouait à cache-cache avec lui-même ; j'entendais ses cris étouffés d'excitation et de plaisir. Les maisons avaient toutes conservé les poutres entrecroisées et les fenêtres à petits carreaux d'autrefois. Les jardins, de médiocre étendue et cultivés avec d'autant plus d'application, où les amas de fleurs alternaient avec les planches de salades et de légumes, s'achevaient en vergers. Sur les premières pentes, commençait la forêt, ormes et hêtres d'abord, quelques chênes aussi, puis les sapins opaques et sombres. Je me croyais au bout du monde et c'était aussi ce que je souhaitais. Ce qui acheva de me conquérir, comme si ma liberté de choix m'était laissée et qu'il fallût la touche finale pour me déterminer !, ce fut d'apercevoir à la limite des alpages les ruines d'un château fort. Elles dressaient au-dessus de la masse boisée les restes d'une tour, fort endommagée assurément, mais qui, réduite à ce pan de mur effilé, défiait l'équilibre et la pesanteur. Tant de fois auparavant, sur les rivages d'Andalousie ou dans les retraites sylvestres d'Allemagne, j'avais rêvé de m'établir dans les vestiges d'une abbaye, d'une forteresse ou d'un palais, mais comment y vivre en ermite sans attirer la suspicion, l'hostilité peut-être ? Cette ruine sans renommée, avec sa tour pointant vers le ciel comme le doigt de certains reliquaires, se cachait dans la forêt, personne ne songerait à m'en contester la seigneurie. Sur le point d'être anéantie par la nature, absorbée par la forêt, elle s'accordait avec ma condition obscure et dégradée. Il me restait à trouver un logis. Wasserbourg n'offrait pas d'hôtel, une simple auberge suffisant aux besoins de ceux qui passaient par là. Ils étaient rares, à ce que je vis par la suite. Je pénétrai dans la vieille demeure dont l'enseigne guerrière « Au canon d'or » ne s'harmonisait guère avec le calme et la bonhomie qu'elle respirait. Sitôt la porte franchie, je me trouvai dans la pénombre d'un étroit couloir. A droite s'ouvrait une boutique d'épicerie-boulangerie, à gauche la salle du café et du restaurant. J'y entrai. Un homme d'une cinquantaine d'années, grand et corpulent, l'air bourru, vint vers moi. A ma demande de prendre pension chez lui, il opposa un refus maussade. J'eus beau lui dire que je venais en Alsace pour la première fois, qu'à Wasserbourg, si bizarre que cela pût lui paraître, je me sentais chez moi et que pour des raisons dont le détail l'ennuierait j'avais besoin d'un séjour dans un lieu que je croyais bienfaisant pour moi, il se contenta de me répéter qu'il donnait à boire et à manger, mais non à coucher. C'était un de ces blonds tirant sur le roux, aux traits épais, aux poignets énormes, qui dégagent une inquiétante force animale. Mon aventure personnelle ne l'intéressait nullement. Il posait sur moi un regard inexpressif, buté : ne sachant dans quelle catégorie me ranger, il ne me donnait aucune existence. Je ne serais jamais arrivé à mes fins si sa femme, attirée par les propos qu'elle entendait par la porte entrouverte de la cuisine, n'était survenue. Elle me dit qu'on ferait exception, qu'il y allait de son honneur d'Alsacienne de venir en aide à quelqu'un qui désirait si fort découvrir son pays. Elle ajouta quelques mots en dialecte à son mari. Il haussa les épaules et disparut.

« Je m'appelle Rose Ellinger », dit-elle en me tendant la main.

Je me nommai à mon tour et la remerciai d'être intervenue en ma faveur.

« C'est moi qui gouverne ici, dit-elle avec bonne humeur. Mon mari, lui, dirige une exploitation forestière. Il a plus affaire avec les bûcherons qu'avec des gens comme vous. »

Je ne sais ce que je représentais à ses yeux, mais elle m'accordait sûrement plus d'importance que n'avait fait son seigneur et maître.

Elle me logea du mieux qu'elle put dans une vaste chambre aux boiseries craquantes, dotée d'un lit à baldaquin de serge rouge et verte dont les tentures sentaient le renfermé. L'unique décoration de la pièce consistait en une crèche de Noël posée sur une console. C'était un travail du siècle dernier avec des animaux en plomb joliment coloriés, la Vierge et saint Joseph en bois sculpté et l'Enfant Jésus en cire, des boucles de cheveux véritables autour de son front. Pour marquer sa suprématie, il était d'une taille démesurée par rapport aux deux autres et reposait sur un lit garni de dentelles. Le tout dans une boîte en verre, sommée d'une étoile et ornée d'une inscription. Je m'approchai pour la déchiffrer :

« Cette crèche, c'est plus qu'un trône,
Cet enfant, c'est plus qu'un roi. »

Voilà de quoi inspirer des pensées pieuses, me dis-je. Cela ne m'empêcha pas de regarder sur quoi donnaient les deux fenêtres percées dans les murs opposés. L'une était tournée vers l'église, l'autre vers la montagne. Je m'y penchai, espérant apercevoir ma tour. Mais non, les avant-monts la dérobaient à la vue.

Le lendemain, sans plus attendre, je grimpai jusqu'aux ruines. Rose Ellinger m'avait appris leur nom : la Strohburg. Elle m'avait en outre prêté un livre sur la vallée de Munster. J'y trouvai reproduite une lithographie du siècle dernier qui montrait le château dans un état moins piteux qu'il ne l'était maintenant. La Strohburg avait servi de repaire à des barons pillards qui rançonnaient marchands et pèlerins. Il paraît qu'au temps de sa splendeur ses caves regorgeaient d'or, d'argent et d'épices, que ses voûtes avaient retenti des cris des festins tandis que ses cachots abritaient des malheureux qui attendaient leur délivrance, à moins que ce ne fût leur mort. La fantaisie populaire avait peut-être exagéré la méchanceté des barons, la légende fait bien les choses. Ce qui est sûr, c'est qu'au temps de la guerre de Trente Ans, si funeste au Saint Empire romain de nation germanique, la Strohburg avait déjà perdu toute importance. Les Suédois ne purent lui donner que le coup de grâce.

Arrivé sur les lieux après une montée assez rude, je ne trouvai qu'un amas de pierrailles que les arbres et les plantes avaient si bien envahi qu'on ne pouvait deviner même les assises du système de défense primitif. Des arbres superbes et calmes avaient poussé jusque sur le chemin de ronde et les vestiges du donjon. Du nid d'aigle d'autrefois ne subsistait que ce pan de tour que j'avais aperçu de loin, mais qui de près paraissait bien fragile, si menacé qu'on se demandait par quel miracle il élevait pierre sur pierre. Un moellon descellé, il allait s'abattre dans le vide et rouler ses dernières défenses au pied de la falaise. Exerçant droit de mainmise sur ces biens à l'abandon, j'en pris possession et m'arrogeai droit de seigneurie sur la tour de sinistre renom. Je contemplai mon nouveau domaine avec des sentiments d'exaltation et de regret. La tour me semblait une vigie de l'au-delà, qui signalait l'entrée du royaume des morts. J'avais perdu tant d'amis pendant la guerre que je me regardais comme un survivant. Je n'arrivais plus à croire à la violence du soleil, j'avais un pied ici et l'autre dans le monde invisible d'à-côté, j'attendais qu'on me saisît la main pour me ramener parmi les vivants. Tout le temps qu'avait duré le second conflit mondial, j'avais vécu hors de moi-même, mes viscères pour ainsi dire mis à nu. J'errais parmi les ombres de mes amis disparus, une ombre moi aussi : les ambitions et les espérances de ma jeunesse étaient à jamais compromises. Ayant frôlé le désastre, je ne tenais plus à rien.

Quand je fus arrêté par la police secrète allemande, je ne mesurais pas les dangers que je courais ; c'est seulement à la fin de la guerre, quand fut connu le sort que subissaient les déportés, que je réagis avec violence. Voyant ce à quoi j'avais échappé, je fus saisi d'une épouvante rétrospective, car me connaissant comme je me connaissais, je savais que je n'aurais pas trouvé en moi la volonté de survivre. Bien peu parmi mes amis, malgré une fermeté d'âme et un acharnement que je ne possédais pas, étaient revenus de leurs lieux de détention. Ainsi avais-je longé le précipice et senti l'attirance du vide. Il s'en était fallu de bien peu que moi aussi je n'y fusse tombé la tête la première. Non que j'aie jamais appartenu à un réseau de résistance ni que j'aie accompli tel acte qui encourût la déportation : cela du moins aurait légitimé les épreuves. Mon cas, à la fois dérisoire et absurde, se signalait par son absence de signification : c'était une pure coïncidence qui avait décidé de tout. Il en va de même pour ceux qui, en allant acheter des cigarettes, attrapent une balle perdue. J'ignorais tout de l'activité clandestine de l'un de mes cousins éloignés ; quand on vint l'arrêter à son domicile, on trouva dans sa boîte aux lettres un mot de moi qu'il n'avait pas eu le temps de retirer et de détruire. Le contenu ne pouvait me compromettre, et pour cause, mais n'était-ce pas là un langage codé ? Il n'en fallut pas davantage pour me rendre suspect. Je ne comprenais rien à l'aventure qui m'arrivait, rien aux questions que me posait un officier colérique et vétilleux qui ponctuait de ricanements chacune de mes dénégations. Quand je découvris de quoi mon cousin se trouvait inculpé, mon embarras redoubla ; je ne savais pas ce qu'il fallait dire pour sauvegarder la vraisemblance, ce qu'il fallait à tout prix cacher. J'essayais de garder sang-froid et tête claire afin de ne pas tomber dans les pièges que me tendait assurément l'officier et je me disais avec horreur que, me torturerait-on sans merci, on n'aurait rien pu tirer de moi puisqu'en effet je tombais des nues. On m'avait isolé dans une pièce, une chambre d'hôtel réquisitionné à ce qu'il semblait, que je ne quittais que pour les interrogatoires. Il n'y avait personne pour m'éclairer sur la conduite à tenir ni m'expliquer comment prouver mon innocence. D'ailleurs, j'y ai souvent réfléchi par la suite, on ne peut pas prouver qu'on n'a pas, de près ou de loin, trempé dans un complot, dans une conjuration. Si l'officier qui m'interrogeait et dont les ricanements me glaçaient était convaincu que j'appartenais au groupe, je n'avais aucun moyen de l'en dissuader. Pendant la semaine que dura ma détention, fit-on une enquête sur mon emploi du temps, mes allées et venues, mes relations ? Je l'ignore. La seule fois où je fus confronté avec mon cousin, il jura de façon solennelle que je n'avais rien à voir dans l'affaire : le crut-on sur parole ? En tout cas, je fus rendu à la liberté. L'interprète m'ordonna alors de garder le silence sur ce que j'aurais pu voir ou entendre dans cette maison et ajouta avec un demi-sourire :

« Prenez garde désormais, monsieur, aux gens que vous fréquenterez. Il y a des liaisons dangereuses... »

La référence littéraire ne me fit pas broncher : huit jours de solitude et d'angoisse m'avaient comme hébété. Je lui demandais pourtant quel sort attendait mon cousin. Il fit un geste d'ignorance.

« Quand on a perdu la partie, il faut payer la note. »

Je n'ai jamais revu le malheureux ; il fut exécuté au mont Valérien six mois plus tard.

Je me reprochais parfois de demeurer en vie quand certains de ceux que j'aimais le plus avaient cessé de vivre. Cela pesait sur ma conscience comme si j'avais été responsable de leurs tribulations. Je vivais alors dans cet état d'esprit et de sensibilité propre aux périodes bouleversées de l'histoire où l'accumulation des morts, des désastres, des fléaux de toutes sortes confond notre raison. Nous respirions un air de catastrophe ; chaque fois que nous parvenait une mauvaise nouvelle, ma mère s'écriait : « On dirait vraiment que Dieu s'est détourné de nous ! »

Il est bien vrai que nous n'arrivions pas à inclure dans l'ordre de la Providence divine les horreurs, les abominations dont les journaux nous rendaient les témoins. Nous assistions à la fin du monde, à la fin de notre monde en tout cas. Aussi, l'œil hagard, le cœur sur les lèvres, étais-je hanté de visions exécrables. Ma mère s'en alarma. Elle me pressa de partir, je cédai à ses instances : un changement d'air et d'habitudes me ferait le plus grand bien, pensait-elle. Je partis pour l'Alsace, mû par un pressentiment irrésistible : je devais y découvrir un village où retrouver quelque chose du monde d'autrefois. Ce fut Wasserbourg. Il n'avait pas échappé à la dure loi de la guerre, mais ses habitants avaient conservé une bonhomie qui apaisa les contradictions qui me déchiraient et m'aida à me réconcilier avec moi-même.

Les ruines de la Strohburg me servirent de laboratoire idéal : j'y étais seul et dans un lieu qui flattait mes chimères. S'il m'arrivait de m'y ennuyer, je regardais les arbres de la forêt, je buvais le ciel éclatant, insolemment bleu de l'été 1945 et je me disais : « Ton cousin et tes amis sont morts, Willibald aussi est mort et toi tu peux encore avoir part aux joies de ce monde. N'est-ce pas assez ? Est-ce trop pour toi ? »

Aussi montais-je tous les matins jusqu'à la tour afin d'y retrouver mes ombres tutélaires et, disposés comme des statues dans les galeries d'un palais, mes sujets de méditation préférés. La monotonie de cet emploi du temps ne me lassait pas ; tout au contraire, je puisais dans la répétition même des plaisirs renouvelés : mes actions habituelles, mes gestes les plus simples se haussaient à la dignité de rites et j'accomplissais une sorte de cérémonie que je dédiais à mes amis disparus dont je sentais, attachés sur moi, l'attention et le regard.

Pour abréger le trajet que mon impatience d'arriver rendait fastidieux, j'avais abandonné le chemin régulier que signalait le guide. Je prenais des raccourcis à flanc de colline qui débouchaient presque sur les vergers de l'auberge. Le seul obstacle, c'était le torrent, mais je finis par trouver un endroit d'où l'on pouvait sauter d'une rive sur l'autre grâce à des rochers en surplomb. Je ne devais pas être le seul à passer par là, à en juger par l'espèce de sentier qu'avaient formé à la longue les pas des paysans et des bûcherons. La Strohburg se dressait sur une crête qui se détachait des avant-monts vosgiens. Commandant tous les points cardinaux, elle avait dû constituer une forteresse quasi imprenable. Aujourd'hui, absolument ignorée, elle ne servait même pas de but de promenade et de belvédère. Je n'y ai jamais rencontré âme qui vive. Je régnais sur les lézards, les menus rongeurs et les oiseaux de proie qui hantaient les lieux. Les chevreuils, les renards, s'il en existait, ne sortaient pas aux heures où je m'y trouvais. Je restais là jusqu'au soir, Rose ayant soin de mettre dans un bissac mon déjeuner avec une fiasque de vin.

Assis dans les fossés, souvent aussi sur les vestiges de la tour, dans l'embrasure d'une porte ou d'une fenêtre, je lisais, je rêvassais, j'écrivais des pages et des pages en cherchant à saisir les analogies entre les épisodes les plus singuliers de ma vie et les heurs et malheurs de ce château presque aboli dont rien, en dehors de cette tour, ne rappelait la splendeur première. Les exaltations de mon adolescence, ses troubles sans objet bien précis et ce qui en subsistait à l'heure où, parmi les pierres de la Strohburg, je cherchais à déchiffrer tant d'énigmes, me paraissaient avoir assez d'importance pour que j'y consacre ces jours d'été. Pourquoi ne l'avouerais-je pas ? J'attendais quelque chose de ces ruines, sans savoir s'il s'agissait d'une aide, d'un signe, d'une manière de révélation. Le côté sombre de ma nature me faisait croire que ce serait un avertissement sinistre. Je l'acceptais d'avance. J'avais adopté le parti de vivre dans un certain inconfort spirituel, dans une angoisse insidieuse et diffuse. Les vestiges de la Strohburg se trouvaient en accord secret avec moi : je les avais pris à fief et à destin. Tout cela n'aurait peut-être pas suffi à me déterminer si ce n'était Willibald en personne qui avait ratifié ma seigneurie de la tour.

J'ai déjà mentionné le nom de Willibald, j'aurais préféré n'avoir pas à parler de lui de nouveau, car on va m'accuser d'extravagance. Je ne suis pas un visionnaire. Pareille aventure ne m'était jamais arrivée et je doute qu'elle m'arrive une seconde fois, mais enfin il faut me croire, l'ombre de Willibald m'est apparue à la Strohburg et m'a désigné du doigt les restes de la tour.

On s'expliquera mieux un événement pareil quand on saura quelle place singulière Willibald tenait dans ma vie. J'éprouvais pour lui un sentiment violent, je ne sais s'il le partageait. Cela n'avait pour moi guère d'importance puisqu'il répondait toujours à mes lettres. Nous nous étions connus en Hongrie, dans l'université d'été de Debreczen et d'emblée la sympathie nous avait unis l'un à l'autre. C'était un de ces Allemands du Nord, blonds et paisibles, aux pommettes slaves, aux yeux gris-bleu, dont le sourire ambigu ne me permettait jamais de savoir ce qu'il aimait, ce qu'il pensait. Cette incertitude ne faisait que le rendre plus séduisant. Nous étions convenus de ne pas nous perdre de vue : une correspondance assidue s'ensuivit, puis des retrouvailles pathétiques à Berlin et sur les côtes de la Baltique. Je pense bien que l'étrangeté de ces horizons illimités et l'ardeur d'un soleil intense et pâle y furent pour beaucoup, mais enfin je me promis de toujours aimer Willibald. Il vint me voir à Paris en 1938, juste avant son départ pour Pékin ; étudiant en médecine, il avait profité de je ne sais quelle bourse pour découvrir l'Extrême-Orient. Nous avons décidé de nous retrouver dès son retour. La guerre survint qui ruina nos projets. Je ne l'ai jamais revu vivant. Médecin de marine, il est mort au printemps de 1945 dans les bouches de l'Escaut. Son bateau, touché d'une bombe, a explosé et le cadavre de Willibald a dérivé vers la mer du Nord, à moins qu'il ne soit enfermé dans la carcasse du navire dans les bas-fonds entre les îles de Tholen et de Beveland. J'appris sa disparition trois mois plus tard par une lettre que sa sœur avait remise à un ouvrier du service obligatoire qui rentrait en France. Dans l'état où je me trouvais, l'annonce de cette mort, après celles qui m'avaient déjà touché, me confirma dans le désespoir. Par-delà les choses affreuses qui avaient séparé la France et l'Allemagne, je continuais à penser à lui avec tendresse. Ne m'avait-il pas dit dans le dernier message que j'aie reçu de lui que, s'il devait porter l'uniforme, ce serait comme docteur et qu'il n'aurait pas de meurtre sur la conscience ? D'ailleurs, l'idée de responsabilité collective du peuple allemand me répugnait. Si la communion des saints et la réversibilité des mérites ont un sens dans le mysticisme chrétien, elles perdent toute signification quand on les transporte dans l'ordre de la politique et de la morale. Mais il faut dire que mon amitié pour Willibald contribuait à mon déchirement intérieur. Je songeais à ce qu'avaient souffert mes amis et tous ceux que je ne connaissais pas et qui avaient subi le même sort, je songeais d'un autre côté à ce grand pays ravagé, à ces monceaux de morts, à ces villes réduites à leurs fantômes et qui n'avaient plus d'existence que dans la mémoire. Je ne savais plus où placer mes espérances. Y avait-il encore de l'espoir pour ceux de ma génération? Nous porterions toujours en nous le regret de l'ancienne Europe, coupable et pécheresse tant qu'on voudra, mais où l'antique barbarie ne relevait pas la tête comme elle le faisait maintenant. C'était le temps où les journaux publiaient les récits des déportés, l'agonie des Juifs et des tziganes dans les camps d'extermination et bien d'autres horreurs que l'on avait crues reléguées dans les siècles ténébreux. Cela produisit en moi un sentiment d'étrangeté, je veux dire qu'il favorisa des contacts avec l'invisible tout en me persuadant que le monde qui m'entourait n'existait pas. Je sentais ce que d'ordinaire je ne sentais pas. Les rêves prémonitoires, les avertissements solennels me firent signe chaque nuit ou presque. C'est au cours d'un de ces sommeils troublés que le village de Wasserbourg, que je n'avais jamais visité, s'imposa à moi. Je le reconnus, je m'y installai, plein de crainte et d'espoir.

Le troisième jour, comme je gravissais le dernier raidillon qui conduisait à la tour, une forme brumeuse se mit à cheminer devant moi. Il fallut m'en persuader, c'était la silhouette de Willibald, son allure nonchalante avec sa façon si particulière de mouvoir bras et jambes. Je ne pensais pas à lui avec intensité singulière en ce moment-là, le ciel était très bleu, l'air calme et serein ; on aurait dit une accalmie de bonheur. Sur l'instant je doutai de ce que je voyais ; comment Willibald pouvait-il marcher devant moi sur le sentier de la Strohburg puisqu'il n'appartenait plus à ce monde? Le vertige m'envahit, je m'adossai à un arbre afin de toucher terre de nouveau. Alors, comme pour me convaincre la forme s'épaissit, devint opaque et prit corps sous mes yeux. Un tremblement me prit et en même temps un élan d'amour me porta en avant : j'aurais voulu me perdre dans la vision de mon ami. Les bras tendus vers lui dans ma hâte de le rejoindre, je criai : « Willi ! Willibald ! » mais avant que je l'eusse rejoint, il avait tourné un peu la tête – j'avais eu le temps d'apercevoir son profil – et tendu le bras en direction de la tour. Puis l'apparition se dissipa par degrés et s'évanouit tout à fait. Je me retrouvai seul sous les arbres de la dernière enceinte, au milieu des rochers épars. Sur le moment, je n'eus pas le courage de poursuivre. Je restai planté où j'étais, le cœur sur les lèvres, comme pris de nausée, et plus que désorienté. Puisque Willibald avait trouvé la force nécessaire pour se manifester à moi, ne devait-il pas en faire davantage, me dicter ma conduite ? Venait-il m'annoncer un accident, ma mort prochaine ? Allais-je le retrouver bientôt dans l'inconcevable et ténébreux invisible ? Je voulus en avoir le cœur net et grimpai jusqu'à la tour. Chaque brindille qui craquait sous mes pas, chaque pierre que heurtait mon pied, avaient quelque chose à me dire, mais je ne savais pas quoi. Mon cœur battait avec violence. Tout me faisait signe et je ne pouvais rien déchiffrer. Je touchai, je tâtai, j'explorai les vestiges de cette tour que je connaissais par cœur dans l'espoir d'y découvrir un indice, quelque secret qui m'aurait échappé jusqu'alors. La seule assurance que je retirai de ce terrible tête-à-tête avec la tour, c'était bien, comme j'en avais eu le pressentiment, qu'elle avait partie liée avec l'au-delà, qu'elle servait de vigie, peut-être d'entrée pour le royaume invisible. Willibald, qui me l'avait désignée, s'en portait garant.

Cette apparition donna un tour nouveau à mes réflexions. J'essayai moins de définir les dispositions constantes de ma nature et leurs variations que d'appréhender la façon que mes amis disparus, et surtout Willibald, avaient de prolonger leur vie à travers la mienne et d'accomplir leur destin dans ce que jusqu'alors j'avais cru être mon destin personnel. J'avais cru vivre en effet en individu séparé, ne cherchant qu'à satisfaire mes désirs et mes volontés, je m'aperçus que je m'étais grandement trompé : j'avais pris charge d'âmes, je survivais pour accomplir ce que les autres n'avaient pas pu mener à terme. J'existais pour le compte de quelques-uns qui, désormais disparus, n'avaient plus que moi pour aller au bout d'eux-mêmes. Cet emploi, si nouveau pour moi, auquel il faut bien dire que je n'avais jamais pensé, me fit noircir des feuillets et des feuillets avant que j'y voie un peu plus clair. Il fallait essayer de découvrir ce qui se tient caché derrière l'horizon des apparences et de lire dans la pensée de ses amis comme dans son propre mystère.

Quand j'étais fatigué d'écrire, je m'amusais à herboriser pour me rafraîchir la vue et la sensibilité. Sur cette crête il poussait en abondance des fougères, des bruyères, des sceaux-de-Salomon, des campanules, des œillets des Chartreux, des orpins, des mousses de toutes sortes et bien d'autres plantes dont je ne savais pas les noms. Comme je n'avais pas de manuel de botanique, je me résignais à les ignorer, tâchant de graver dans ma mémoire leurs formes et leurs couleurs. Je me résignai avec moins de gaieté de cœur à ne pas tomber sur la *Rosa wasserburgica*, variété unique d'églantine qu'un naturaliste suédois du siècle dernier a identifiée dans cette région et décrite avec ravissement : le cœur en est couleur de sang tandis que les pétales se dégradent jusqu'au blanc vers le bord extérieur. J'avais lu dans le livre prêté par Rose Ellinger que la plante était rarissime, que ceux qui la découvraient pouvaient se dire aimés des dieux. Existait-elle encore de nos jours ? A-t-elle jamais existé autrement que dans la fantaisie du savant enivré ? Il en serait alors de cette fleur comme de nos amours, comme de tout ce qui vient à nous et que nous ne pourrons jamais saisir – ce qui vient à nous sans autre dessein que nous meurtrir et prolonger nos souffrances. Mais l'imagination étant sans remède, je m'attachai à la rose de Wasserbourg. Elle incarnait mon désir, elle ravivait ce qui restait en moi de confiance insensée et d'espoir.

⁂

Le soir, au lieu de me faire dîner dans la salle commune, les Ellinger me destinaient une pièce particulière comme si j'avais été un personnage. Elle donnait sur le jardin, mais uniformément garnie de placards, elle ressemblait à un office d'huissier, au mieux à une lingerie. Je m'y ennuyais à périr et j'aurais vite déguerpi si je ne m'étais aperçu qu'elle permettait à Rose de longs entretiens avec moi sans attirer l'attention. Ses filles servaient les clients s'il s'en trouvait encore à cette heure tardive. Angèle, l'aînée, était assez jolie, souriante et très douce. C'était elle qui, le plus souvent, m'apportait le dîner. Elle ne s'effarouchait pas quand je la complimentais sur son allure ou sur la beauté de ses yeux, mais n'avait pas l'air d'y croire. Elle semblait persuadée que c'étaient là les propos que tiennent d'ordinaire les messieurs de la ville et qu'il ne fallait pas plus y ajouter créance que se récrier. Cette prudence l'honorait. Peut-être cherchais-je surtout à lui donner confiance en elle-même. Elle ressemblait à un insecte fragile, chatoyant, destiné à durer peu de jours.

La nature n'avait pas autant favorisé ses deux cadettes, Violette et Victorine, lourdes et maussades et d'une excessive timidité. Elles osaient à peine me regarder quand elles s'adressaient à moi. Je ne leur demandais rien pour ne pas les mettre à la gêne, si bien que nous n'avons guère échangé que des formules de politesse.

Leur mère, heureusement, n'imitait pas leur réserve. A mesure que le temps passait, elle restait davantage avec moi, jusqu'à me tenir compagnie dès le début du dîner et bien au-delà. Elle bavardait sans se lasser ni me lasser ; c'est qu'elle était sincère, spontanée, douée sinon d'un talent de conteuse, du moins d'une franchise chaleureuse et qui agissait sur moi de façon bienfaisante. Un autre, plus fat ou plus perspicace, aurait pensé qu'elle avait du faible pour moi, mais rien dans son attitude ni dans ses propos ne le donnait à croire. Elle trouvait simplement quelqu'un à qui parler, un homme qui s'intéressait à elle. Non que Rose ne fût encore désirable dans sa blondeur épanouie – quel âge avait-elle ? Quarante-cinq au plus –, mais elle respirait une telle sérénité qu'elle excluait toute idée charnelle. Elle avait surtout besoin de trouver une oreille complaisante pour écouter ses histoires d'autrefois. J'étais là, un des rares dans ce village à pouvoir sympathiser avec ses préférences et ses plaisirs. Aussi se confiait-elle à moi comme une personne que le silence a longtemps bâillonnée. Fort attachée à sa jeunesse, elle commençait souvent ses phrases par « quand j'étais petite fille... » : un monde inconnu surgissait devant moi.

Soir après soir, par bribes, je reconstituais son existence. Orpheline à sept ans, elle avait été quasiment dépouillée par son tuteur. La maison familiale de Colmar avait été vendue, les biens qui auraient dû lui revenir un jour dissipés on ne sait comment, volatilisés. L'enfant avait été mise en pension chez les ursulines de Besançon. Rose ne revenait en Alsace que pour les vacances d'été chez sa tante Battmann, une sœur de sa mère, brave personne qui pouvait l'entourer d'affection pendant quelques semaines, mais non décider de son sort. Elle habitait Masevaux où elle possédait le principal hôtel. L'oncle Battmann, beaucoup plus âgé qu'elle et d'ailleurs souvent malade, aurait laissé tout péricliter si son épouse n'avait pris les rênes du gouvernement. Alerte, infatigable, d'une vigilance extrême, Mme Battmann était aussi experte à tenir les livres de comptes qu'à lier les sauces. Vraie femme forte de l'Évangile, elle ne badinait pas sur le chapitre de la religion. Ses enfants, trois garçons et deux filles, en savaient quelque chose ; la plus stricte piété leur était imposée. Tante

Battmann, malgré ses multiples occupations, avait l'œil sur tout. Elle réprimandait ses enfants pour la moindre peccadille, pour la plus légère ombre de péché. Pour lui plaire, il fallait marcher droit dans les voies de Dieu. Rose retrouvait à Masevaux les règles et l'atmosphère de son couvent bisontin, mais elle était en vacances, au milieu des siens. Cela suffisait à son bonheur.

L'été 1914 bouleversa l'existence de ce monde pieux et idyllique. La guerre y jeta le trouble, l'angoisse et la mort étendirent leur ombre sur le bourg jusqu'alors paisible et somnolent. Dieu redevint le Seigneur des batailles de l'Ancien Testament, le Dieu de colère et de vengeance, de vacarme et d'exécration.

Rose me rappela (en réalité je ne l'avais jamais su, la Première Guerre se résumant pour moi aux deux batailles de la Marne, à Verdun et au Chemin des Dames) que dès les premiers jours du conflit les troupes françaises avaient envahi l'Alsace du Sud. Après avoir fait une percée sur Mulhouse, elles n'avaient pu se maintenir dans la ville et s'étaient accrochées, mais cela jusqu'à la fin des hostilités, dans les vallées de Masevaux, de Thann et dans certains secteurs des Vosges. De sorte que Masevaux était devenu par un coup du sort un carrefour d'importance, la capitale de l'Alsace reconquise.

Plus question pour Rose de retourner à Besançon, le tuteur dut se soumettre à la loi de la guerre. La jeune fille acheva ses études dans ce bourg où l'on avait aussitôt dépêché des instituteurs de Belfort et d'Épinal. Ce fut elle, la première, qui reçut un diplôme français, et des mains du général Joffre. Rose me le montra avec fierté, avec attendrissement ; elle revoyait en idée son visage lisse, ses longues nattes, son air naïf et confiant. Comme c'était elle qui débitait le mieux les compliments quand venaient des visiteurs de marque, elle entendit plus d'une fois sa tante lui recommander :

« Vite, mon enfant, ton costume et ton nœud ! Nous avons encore un de ces messieurs ! »

L'hôtel Battmann servant de quartier général, sa tante était la première informée. La réquisition ne s'était pas faite sans désagréments ; grands et petits, maîtres et serviteurs, tout le monde avait été claquemuré dans la grand-salle pendant quatre jours. Le temps avait paru long. Les choses une fois arrangées, la vie avait repris, mais avec une agitation que la vieille maison n'avait jamais connue. Ce n'étaient qu'allées et venues dans les couloirs, portes qui battaient et claquements de bottes. Masevaux ne se ressemblait plus. On n'y voyait circuler que des militaires de tous grades, de toutes armes. Les drapeaux ondulaient sur les façades, une oriflamme étant suspendue à la flèche du clocher. Le vent lui donnait l'allure d'un cerf-volant. On vivait dans la fièvre, dans l'héroïsme, le front passait à dix kilomètres.

« Malgré cela je ne me suis jamais autant amusée, me dit Rose Ellinger ce soir-là, et cela malgré le ronflement des obus, malgré les bombes qu'on lâchait parfois sur nous. Songez qu'une nuit le mur de ma chambre s'est abattu, je ne me suis même pas réveillée ! Comme je dormais de bon cœur en ce temps-là ! Il faut dire que je m'affairais tellement dans la journée que je n'avais qu'à poser la tête sur l'oreiller pour m'endormir. Plusieurs fois j'ai traversé les lignes pour porter des messages à des amis. Cela n'avait rien de bien dangereux, mais je me montais la tête et me croyais une héroïne... »

Elle me regarda d'un air interrogateur, comme quelqu'un qui se juge avec sévérité, mais qui espère l'indulgence d'autrui. Je la rassurai en lui rappelant qu'après tout l'essentiel de notre vie se passe à l'intérieur, dans l'imagination, et qu'elle avait profité de circonstances exceptionnelles. En fin de compte, elle avait connu une existence des plus romanesques.

« Oui, au début, mais ensuite... »

J'entendis le soupir qu'elle n'avait pas poussé. Je me gardai bien de montrer ce que j'avais deviné, non par crainte de m'engager sur un terrain dangereux, mais pour ne pas gâter la belle entente établie entre nous. Ce fut elle qui se refusa à rompre les chiens.

« Tous les hommes qui logeaient chez nous, tous ceux qui passaient dans la rue étaient tourmentés par l'amour. Je le pressentais de façon obscure, mais enfin on ne vit pas dans une telle atmosphère de tensions, de passions sans en éprouver quelque effet. Je voyais bien que deux officiers, un capitaine de dragons et un lieutenant d'infanterie, me faisaient les yeux doux. Ma tante n'en savait rien. Elle ne l'aurait pas toléré. Mais moi, je m'étais avisée de leur manège, tout innocent d'ailleurs, je vous prie de le croire.

– Tant que cela ? fis-je pour la taquiner.

– Mais je n'avais pas quinze ans ! Le capitaine déjà marié, père de famille peut-être, ne pouvait se permettre la moindre privauté. Quant à l'autre, je pense qu'il n'aurait jamais osé. En ce temps-là, on se contentait de rêver. Cela valait mieux.

– Et lequel préfériez-vous ?

– Est-ce que je savais ! Ils me plaisaient l'un et l'autre, et assez pour que je m'accuse à confesse de mauvaises pensées. Mais cette incertitude dans mes sentiments n'était pas sans charmes ; elle rehaussait l'importance de ma petite personne. »

Cette fois Rose sourit, sûre que je comprenais les illusions sentimentales auxquelles la jeunesse donne tant de prix.

« Que vous disaient-ils ?

– Oh ! presque rien ! Nous échangions des regards quand nous nous croisions. Ma tante montait bonne garde et puis moi-même je serais morte de confusion s'ils m'avaient parlé. Ils me regardaient et souriaient. C'était leur sourire que j'aimais. Celui du capitaine était cordial, rassurant ; une soudaine bouffée de chaleur m'envahissait. Celui de l'autre était furtif, un peu angoissé ; je détournais la tête et ressentais un trouble singulier. Je ne savais pas si c'était du plaisir ou de la tristesse.

– Maintenant vous le savez. »

Elle fit de la tête un signe affirmatif. Je sentis qu'il fallait à tout prix changer de sujet.

« Vous ne m'avez pas dit quel costume vous mettiez pour accueillir les gens d'importance.

– Je revêtais la jupe de lainage rouge, le corselet à rubans et le nœud noir. Ce nœud noir n'est pas la coiffe traditionnelle des filles de Masevaux, mais ces messieurs n'y voyaient que du feu. Que serait pour eux une Alsacienne sans ces grandes ailes de taffetas ? J'avais alors des nattes épaisses et fort longues, le nœud m'allait très bien. Que de bouquets ai-je offerts ! Que de compliments ai-je tournés ! En fait le contenu ne variait pas, il suffisait de changer le nom : j'ai récité mon discours à Joffre, comme je vous l'ai déjà dit, mais aussi à Foch, à Mangin, à Poincaré, à Clemenceau, au roi d'Italie, au chef de la Légion tchèque, plus tard à celui de la Légion américaine, à tant d'autres encore... »

A ce moment son mari entra dans la pièce. Il venait quelquefois la retrouver et j'avais découvert que son air peu engageant cachait une réelle bonté de cœur. Il s'asseyait à la table, tirait sur sa pipe et ne parlait guère. Nous buvions de la framboise ou de la mirabelle.

« Rose vous assomme encore de ses souvenirs ? »

Je protestai : Mme Ellinger me divertissait, elle m'instruisait aussi. Je ne savais rien sur l'histoire de l'Alsace, sur ses façons de faire et de penser.

« Avec elle vous êtes à bonne école. Mais si vous l'écoutez avec trop de patience, vous êtes perdu. Elle ne s'arrêtera plus ! »

Le visage de Rose s'empourpra ; plus que jamais elle ressemblait à son prénom. Elle se tourna vers son mari et lui dit avec plus de vivacité que de coutume :

« M'aurais-tu épousée si je n'avais fait les demandes et les réponses ?

— Ce sont des choses dont on ne parle pas, répliqua-t-il, tout gêné.

— Mais si, mais si, il faut parler de tout. Ce qu'on tait nous reste sur le cœur et l'empoisonne. »

Pour faire front aux difficultés de la vie, Rose

croyait à la vertu de l'explication, tandis qu'Alphonse, son mari qu'elle appelait parfois par amitié Fonsi, estimait que ce qui n'a pas été formulé n'existe pas. Son mutisme, son visage fermé le protégeaient. On se doute que les questions que je lui posais n'avaient aucune caractère personnel : comment on vivait dans un village de montagne tel que Wasserbourg, comment on y avait supporté l'annexion allemande pendant les cinq dernières années. Toutes choses auxquelles M. Ellinger répondait avec bonne grâce et précision. A Rose, en revanche, je réservais ce qui me tenait à cœur : les ruines, les animaux de la forêt, la mystérieuse ***Rosa wasserburgica***. Elle me parlait à bâtons rompus, selon que les souvenirs lui venaient à l'esprit. Mes curiosités la décontenançaient parfois, elle cherchait pourtant à les satisfaire. Les jours passaient, mon départ approchait. Rose aurait voulu me retenir, mais elle savait bien que mon séjour ne pouvait se prolonger.

Un soir que j'avais une fois encore amené la conversation sur la variété unique d'églantine, sur cette rose nonpareille si bien cachée aux yeux du passant que personne ne peut la découvrir et que la montagne seule en admire la beauté, Mme Ellinger porta la main à son front comme quelqu'un qui s'avise d'une chose qui aurait dû lui venir depuis longtemps à l'esprit.

« Où avais-je la tête ? Il n'y a au village que le baron de Beckendorf qui puisse vous renseigner. Il habite une maison isolée vers la Schäferheide, tout près du col. Mais voudra-t-il vous recevoir ? C'est un solitaire, un bourru. On ne le voit à Wasserbourg que deux fois l'an, à Pâques et à la messe de minuit. Les gens lui croient l'esprit dérangé.

– Mais puisqu'il ne fréquente personne...

– C'est à cause de son accoutrement, un vaste manteau et un chapeau de mousquetaire.

– Et vous pensez qu'il me recevrait ?

– Sait-on jamais ? Quelqu'un de Paris... Ici les langues vont bon train à son sujet. Certains prétendent qu'il a plus de deux cents ans, qu'un élixir à base d'or potable le maintiendrait en vie... De l'or potable, quelle folie !

– En somme, un autre comte de Saint-Germain ? fis-je malgré moi.

– Pardon... murmura Rose à qui ce nom ne disait rien.

– Il s'agit de quelqu'un qui soupait avec la Pompadour et qui, paraît-il, vivait encore au début de ce siècle.

– Pas possible ! Notre baron ne serait pas le seul ? On dit qu'il fait partie d'une secte bizarre... Aidez-moi, le nom m'échappe.

– Les maçons du rite écossais ? »

Elle secoua la tête pour dire non.

« Les Chevaliers de l'Esprit-Saint ?

– Pas davantage.

– Les Confrères de la Rose-Croix ?

– Oui, je crois qu'il s'agit de cela. Je n'ai aucune idée de ce qu'ils recherchent.

– Moi non plus, mais tous les illuminés prétendent à la même chose, une plus grande pureté de vie, une union plus intime avec Dieu. »

Rose réfléchit un moment.

« Cela n'explique pas l'extraordinaire longévité du baron. S'il n'a pas deux cents ans, il a bien dépassé la centaine, du moins à ce qu'on dit. »

Un plan de conduite fut arrêté. Le forestier qui lui apportait sa provision de bois pour le trimestre et qui était un employé de M. Ellinger sonnerait à sa porte et lui remettrait une lettre. J'écrivis sur-le-champ.

La démarche aurait peut-être réussi si les choses ne s'étaient précipitées. Passé le 15 août, ce n'est plus l'été qui brûle, les tempêtes se déchaînent souvent. Une nuit, je fus tiré du sommeil par le vacarme. Le tonnerre se répercutait de vallée en vallée, ses grondements remplissaient le ciel. Ce n'était rien à côté du fracas des trombes d'eau, des bourrasques furieuses qui les secouaient en tous sens, déracinant les arbres, arrachant les tuiles des toitures. Les poutres de la vieille auberge craquaient, je crus que la maison s'effondrait. L'électricité ne fonctionnait plus, je me levai, allumai un bougeoir, mais ayant constaté que personne ne bronchait, que sans doute de tels orages étaient chose habituelle, je regagnai mon lit et ne parvins qu'à grand-peine à me rendormir : je songeais à ma tour si vulnérable.

J'y montai aussitôt que possible. Le torrent, tout gonflé, m'obligea à prendre le chemin le plus long ; d'ailleurs les prés, rendus glissants par la pluie, ne m'auraient pas permis les raccourcis. Des arbres abattus par la foudre encombraient le passage ou bien, maintenus debout par leurs branches mêlées à celles des autres, n'en offraient qu'un aspect plus sinistre. Arrivé à l'endroit où d'habitude j'apercevais les restes effilés de la tour, je sus que l'orage avait eu raison des derniers vestiges. Tout avait roulé dans les fossés, il ne restait du doigt tendu vers le ciel qu'un amas confus de gravats, de pierres descellées. Je me sentis tout à coup abandonné, trahi. On aurait dit que l'assurance, que la promesse données par Willibald quand il me désigna ces ruines se trouvaient niées, réduites à néant. Enfin j'avais tellement identifié la tour à la personne même de mon ami que le désolant spectacle que j'avais sous les yeux m'acheva : il me sembla que Willibald se mourait une seconde fois.

Je n'eus qu'un désir, quitter Wasserbourg le plus vite possible. La dernière soirée que je passai au *Canon d'or* se traîna. Rose me demanda de différer mon départ de deux ou trois jours. Comment lui expliquer que monter à la tour m'était devenu une épreuve cruelle, et ne plus y aller, tout à fait impossible tellement l'emploi du temps que j'avais observé à Wasserbourg avait pris à mes yeux un caractère contraignant, pour ainsi dire définitif? Je n'avais pas parlé à Rose de mon amitié pour Willibald, de l'ascendant qu'il exerçait toujours sur moi et du caractère quasi sacré que j'attachais à son souvenir. Aussi ai-je dû, plein d'embarras, refuser de rester, si peu que ce fût, sans pouvoir donner de raison. Elle en eut des larmes aux yeux.

« Et la rose ? Et votre visite au baron ? » dit-elle en mettant son espoir dans cette éventualité.

Je fis un geste d'abandon, de découragement. Elle se leva et sortit. Ce fut pour revenir peu après avec son mari. Il m'assura que ma présence à l'auberge lui avait fait plaisir et il m'offrit une bouteille de framboise en signe d'amitié.

« Pourquoi ne viendriez-vous pas pour Noël ? Le restaurant est fermé ce soir-là, nous restons en famille. Soyez des nôtres. Il faut que vous sachiez comment se fête Noël en Alsace. Et puis, ajouta-t-il avec un air de complicité, la patronne fait les meilleurs gâteaux du pays.

– Oui, venez, dit Rose d'une voix un peu tremblée. Je vous le demande aussi en mon nom. »

Je promis de venir sans en penser un mot. L'invitation me touchait mais, si j'avais eu quelque intimité avec Rose, l'idée de passer cette longue soirée avec des gens dont je ne partageais ni le passé ni les espoirs ne me disait pas grand-chose. Le repas serait interminable, la joie bruyante et moi qui ne me sens à l'aise nulle part, je me croirais exclu, plus que d'habitude, des plaisirs communs. Je m'ennuie dès que les circonstances où je me trouve placé ne se raccordent pas à mes chimères par un côté secret. Enfin une raison moins particulière motivait mon refus : depuis la mort de mon père, j'ai pris l'habitude de passer cette soirée avec Maman, autant pour ne pas la laisser seule avec ses souvenirs que pour me défendre moi-même contre des accès de mélancolie. Ma sœur habite l'étranger ; mon frère aîné, au caractère si instable et, il faut l'avouer, si difficile à supporter, ne donne jamais signe de vie à cette période de l'année. De sorte que ma mère et moi, unissant nos solitudes, nous allons à la messe de minuit, échangeons des cadeaux tout en réveillonnant.

Certes, si j'avais pour une fois enfreint la règle

tacitement établie, Maman n'aurait pas songé à m'en vouloir. C'est moi qui m'en serais voulu de la priver d'une joie escomptée.

Je n'avais pas oublié l'invitation des Ellinger, je voulais leur écrire la raison qui m'empêchait de l'accepter quand, à la fin de novembre, Maman, de santé depuis longtemps fragile, mourut subitement. A demi allongée sur le divan, elle relisait d'anciennes lettres avant de les brûler. Elle estimait qu'elle disparue, les choses que ses correspondants lui avaient confiées n'intéresseraient plus personne. Absorbée dans son occupation, elle ne dut même pas souffrir de malaise, car elle n'appela pas à l'aide, elle ne bougea pas. Quand, plus tard dans la soirée, la servante, étonnée de la voir rester dans l'obscurité, pénétra dans sa chambre, elle trouva sa maîtresse le buste penché en avant, le visage plongé dans les lettres éparses. Elle m'appela tout de suite. J'arrivai avec le médecin et trouvai Maman dans la position même où elle avait passé. On aurait dit que sa tête et ses épaules avaient cédé sous une pression irrésistible.

La disparition de ma mère me jeta dans un tel désarroi que l'invitation de Wasserbourg, d'abord dédaignée, me parut la bienvenue, un signe de la miséricorde divine. Rien de ce que je trouverais là-bas ne me serait familier, ne me rappellerait les choses qui font mal. La nouveauté que je redoutais il y a quelques semaines me semblait maintenant un gage de réconfort, tout au moins d'un réconfort passager. J'écrivis que j'arriverais volontiers à la date prévue, mais qu'un deuil cruel me rendait un peu souhaitable invité. Alphonse Ellinger me répondit avec délicatesse – mais c'était sans doute Rose qui avait tenu la plume – que si rien ne remplace une mère, on s'emploierait pourtant au village à me distraire de mon chagrin, Dieu ayant prescrit que la misère des hommes comme le travail des animaux soient suspendus pendant la fête de Noël.

La gare de l'Est est liée à des souvenirs sinistres dans l'esprit des Parisiens. Ils fondent sur nous sans que nous y prenions garde, comme si la mort, la neige et le vent qui souffle sur les plaines d'Allemagne ne formaient qu'un seul et même danger, une menace d'autant plus formidable qu'on se reproche de l'éprouver. Le train passe par Troyes, Chaumont, Langres, il n'en finit plus de traverser des régions froides et comme renfrognées. J'essayais bien de me représenter ce détestable traité de Troyes qui livra la France à l'Angleterre et le bûcher de Langres où fut jeté le livre de Jean Scot Erigène où il prêche le retour final de toutes les créatures dans la bonté première de Dieu, y compris le temps, la mort, la perversité et le Diable. Mais cela, loin de dissiper mon ennui, ne fit que m'accabler davantage. La chaleur du compartiment, l'immobilité forcée eurent raison de moi : je tombai dans le sommeil.

Je ne sais combien de temps dura l'assoupissement de ma raison, assez pourtant pour que ma mère m'apparût en un rêve intense et bref et qui me troubla profondément. Elle m'apparut non point diminuée, telle que les années et la maladie l'avaient faite, mais jeune, aimant l'opéra et les dîners en ville. Elle sortait souvent. Comme j'étais un enfant choyé, le cadet, un petit dernier comme elle disait, je lui faisais promettre de venir m'embrasser quand elle rentrerait. Le contact de ses bras autour de mon cou me réveillait à demi, je sentais l'odeur de son visage parfumé, de ses cheveux qui coulaient sur mon visage et m'enveloppaient dans un filet de senteur. Je devinais ses lèvres sur mes joues, sur mon cou, elle me disait des mots câlins et sans suite, auxquels je ne répondais pas, mais qui me rassuraient. Elle était de retour, elle aimait toujours son petit garçon, tout était bien, le monde pouvait continuer à mener son train. Un soir qu'elle avait assisté à une revue de music-hall, elle me glissa entre les doigts quelque chose ; à mon réveil je vis que c'était une rose. Elle me dit pourquoi elle me l'avait donnée. Non, ce n'était pas de ces fleurs que les bouquetières vendent à la terrasse des cafés, c'était une fleur tombée du ciel, ou presque. Dans le tableau final du spectacle auquel elle avait assisté, la vedette lançait des baisers au public ; elle lançait aussi des fleurs que lui tendaient une à une des dames peu vêtues, mais empanachées comme des chevaux de corbillard. L'une de ces fleurs avait chu sur les genoux de ma mère. Elle avait aussitôt pensé : voilà un cadeau pour mon petit garçon ! La rose était flétrie quand je m'éveillai, je la pressai entre deux livres. Quand elle fut décolorée, toute sèche, je la glissai dans mon trésor avec d'autres choses innombrables et sacrées. Elle disparut un jour ; peut-être tomba-t-elle en poussière, peut-être, devenue informe, fut-elle mise au rebut. Je ne m'étais jamais rappelé cet épisode et voici que ma mère surgissait dans ce train qui m'emportait vers l'Alsace et me tendait une rose. Une rose plus pâle, avec moins de pétales que celle qu'elle m'avait donnée jadis, comme si dans l'au-delà la fleur avait repris sa simplicité première. Mais cette simplicité était trompeuse, car à la base de chaque pétale avait jailli une goutte de sang comme je n'en ai vu sur aucune fleur. Je voulus m'en saisir ; le mouvement intérieur qui me portait vers ma mère me réveilla. Nous arrivions à Mulhouse, j'avais juste le temps de changer de train. Le froid des quais me saisit. Cette opposition brutale m'aida à reprendre pied dans ce monde.

A Wasserbourg je fus accueilli comme l'enfant prodigue. On me reprocha de n'arriver que le vingt-quatre décembre, je n'avais pas aidé à orner le sapin, à décorer la salle. Elle était tapissée de branches d'if et de houx, de couronnes de sapin et de myrte ; la crèche était disposée sur une tablette, près de l'énorme cheminée et l'agitation des flammes animait d'une vie étrange les petits personnages et les animaux que j'avais souvent regardés l'été précédent. Je relus la devise calligraphiée :

« Cette crèche, c'est plus qu'un trône,
Cet enfant, c'est plus qu'un roi »

et je pensai qu'on m'aurait bien surpris si l'on m'avait prédit pendant les feux de l'été que je la reverrais si tôt, ainsi exaltée par la circonstance et la cérémonie. Elle devenait un témoin de mon existence, et, qui sait ?, peut-être un juge.

L'assistance ne se posait pas de telles questions. Outre les maîtres de maison et leurs enfants, il y avait des neveux et nièces que je ne connaissais pas, les servantes et ceux des bûcherons qui n'avaient point de foyer. Une quinzaine de personnes en tout. On but du vin chaud à la cannelle, on mangea des gâteaux à l'anis, au gingembre, des tartes aux poires et aux noix. On chanta aussi des cantiques et des chansons populaires auxquelles je m'associai d'autant moins qu'elles étaient en dialecte, mais il n'importait guère : je me sentais très bien. La rose qu'en rêve j'avais reçue de ma mère brillait sur moi et me protégeait.

Vint l'heure où il fallut allumer les lanternes et aller à la messe. L'église se dressait de l'autre côté de la rue, inutile de se munir de lumières, mais en Alsace il n'est point de Noël sans lanternes et chacun dut allumer la sienne. On la dépose à l'entrée de l'église, voire à l'extérieur, si bien que les murs sont ponctués de flammes vacillantes tout le temps que dure la cérémonie. Ainsi la nuit paraît moins noire et la nature peut se réjouir comme les hommes.

La messe fut saintement célébrée. La nef sentait la résine, la cire qui fond, l'humidité et l'encens. Cette odeur me revigorait, elle me rappelait les jours de mon enfance et je redevenais un enfant joyeux.

Quand nous eûmes regagné le *Canon d'or*, la brève traversée de la rue fut prétexte à boire de nouveau : le punch ragaillardit et puis c'est un vrai plaisir de voir les flammes bleues qui couronnent le bol. L'heure tant attendue où l'on distribue les cadeaux va sonner, pensai-je. Je ne me trompai pas. Les cadeaux étaient amassés dans un linge blanc, sous les branches du sapin.

« Voici la Dame de Noël », me dit Rose en riant.

Elle jouissait par avance de mon étonnement et me regardait d'un œil moqueur.

Je vis entrer une jeune fille vêtue de blanc, une couronne de bougies allumées sur la tête et une sonnette d'argent à la main. Elle fut suivie par une sorte de père Fouettard qui brandissait un paquet de verges. Malgré le masque de carton qu'il portait, je reconnus l'un des bûcherons dans ce personnage moins terrifiant que burlesque. C'est Hans Trapp, voici Hans Trapp ! entendis-je autour de moi. Ce sont surtout les petits enfants qui le redoutent ; ils craignent de l'entendre dévoiler leurs effronteries et leurs larcins, ce qui les priverait des cadeaux qu'on leur destine. En cas de malheur, tout peut encore s'arranger s'ils acceptent une bonne fessée. Prétexte à rires et à moqueries de la part de l'assistance quand Hans Trapp empoigne un marmot et commence à le fustiger !

La Dame de Noël, une voisine sans doute, je ne la reconnus pas, agita la sonnette et commença son office. Elle s'arrêtait devant chacun et lui tenait quelques propos. Ils devaient contenir des allusions personnelles, car ils faisaient mourir de rire les assistants. La confusion, plus ou moins grande, plus ou moins affectée, de l'interpellé ajoutait du piquant à la situation. J'en comprenais assez pour m'associer à l'hilarité générale. Sa mercuriale achevée, la Dame de Noël agitait sa sonnette, ce qui signifiait qu'on avait droit aux cadeaux, que Hans Trapp n'avait pas à sévir. Comme il n'y avait au *Canon d'or* ni enfants méchants, ni pécheurs endurcis destinés à mourir dans l'impénitence finale, Hans Trapp en fut réduit, furieux de n'avoir personne à fouetter, à se fustiger lui-même. Il le fit, pour la plus grande joie de l'assemblée, en exécutant une danse barbare qui tenait de la pyrrhique et de la bamboula, au cours de laquelle il ne ménagea ni ses verges ni son fouet. Cela n'influa, j'en jugeai par la suite, ni sur sa bonne humeur ni sur son appétit. Son châtiment une fois achevé, la Dame de Noël le chassa comme s'il avait été le bouc émissaire, le spectre de l'année qui allait s'achever dans une semaine. Elle se dirigea vers la plus jeune fille de l'assemblée, une nièce des Ellinger, la prit par la main et la mena avec autant de solennité que dans une pavane vers les cadeaux amoncelés sous l'arbre. Elle-même tirait les paquets et la nièce de mes hôtes, d'une voix que faisait trembler un rire mal réprimé, lisait le nom de l'heureux destinataire, inscrit sur le papier fleuri qui servait d'emballage. Grâce à Dieu, aidé de Rose cela va sans dire, je n'avais oublié personne, la boutique de l'auberge contenant de quoi manifester ma sympathie à ceux dont je n'avais pas escompté la présence ce soir-là. On avait aussi pensé à moi, ce qui me toucha beaucoup. Les bûcherons m'offrirent un ours en bois qu'ils avaient sculpté de leurs mains et les filles de la maison des mouchoirs où elles avaient brodé mes initiales.

Rose et Alphonse me gratifièrent du cadeau qui pouvait combler tous les désirs, que je n'imaginais même pas que je pusse recevoir : une lithographie romantique des ruines de la Strohburg ! Rose l'avait aperçue dans la vitrine d'un antiquaire de Colmar et, sans savoir si j'allais accepter l'invitation, justement pour me faire venir, l'avait achetée. A côté de ce trésor, les cadeaux que je destinais à mes hôtes, écharpe et parfum pour Rose, cigares pour Alphonse, me parurent d'une intolérable banalité. Ils eurent la bonté de se récrier que c'était ce qui leur faisait le plus plaisir. Peut-être disaient-ils la vérité.

Le repas fut aussi copieux et succulent qu'un gourmet pouvait l'espérer, un vrai festin de Gargantua arrosé des meilleurs crus d'Alsace. J'étais à la droite de Rose. A l'autre bout de la table présidait M. Ellinger entre la cuisinière et la plus âgée des servantes. Les langues allaient bon train, autant que fourchettes et couteaux ; les plats énormes disparaissaient comme par magie. Les forestiers ne s'arrêtaient de manger que pour lancer des chansons que tous reprenaient au refrain. Les rires fusaient de toutes parts et je pris part à l'allégresse générale. Seule Rose semblait un peu en retrait, comme si son esprit la maintenait sur un souvenir douloureux. Elle souriait des lèvres, mais non des yeux, tout en remplissant avec exactitude ses devoirs de maîtresse de maison.

La voyant si lointaine, je finis par lui demander ce qui la tourmentait.

« Un vieux souvenir. Ne vous inquiétez pas, je vous le dirai tout à l'heure quand tout le monde sera parti. »

Les servantes se retirèrent, les plus jeunes s'amusèrent à des jeux, les forestiers firent cercle autour de M. Ellinger ; Rose et moi, nous prîmes place auprès de la cheminée où flambait un grand feu. Je sentais qu'elle avait besoin de parler, de se délivrer de quelque chose qui l'oppressait.

« Vous allez me traiter de romanesque et de sentimentale, dit Rose, mais au point où nous en sommes, est-ce que cela signifie encore quelque chose ? Je vous ai raconté ce qu'était devenu Masevaux pendant l'autre guerre et les regards que j'échangeais avec le capitaine et le lieutenant ?

— Oui. Je me rappelle très bien.

— La nuit de Noël 1916 mit un point final à tout ça. Ma tante Battmann avait invité tous ces messieurs qui logeaient chez nous à se joindre à notre fête familiale, comme Alphonse et moi nous vous avons invité ce soir. Pour qu'ils sachent ce que représente Noël en Alsace, et puis aussi par esprit religieux, pour les faire participer au mystère. Je vous passe la stupeur que leur causa la Dame de Noël suivie de Hans Trapp, vous le savez par vous-même. Le capitaine me donna les contes de Perrault et je trouvai qu'il me jugeait bien petite fille ; le lieutenant, des rubans mordorés, ce qui me plut bien davantage. Ce fut même à cet instant qu'il m'apparut plus attentif, plus aimable que l'autre. J'étais tout au bonheur, bien que l'offensive allemande se fût déclarée la veille et que le grondement continu de l'artillerie se fît entendre au loin. Arriva l'heure de la messe. Il faisait une nuit humide, d'un froid pénétrant. Pas de neige, mais, bien pire, l'annonce de la neige. L'église, avec tous les bâtonnets de cire que l'on piquait sur les prie-Dieu, regorgeait de monde. L'éclatement des obus, combiné avec les chants sacrés, faisait une musique étrange que je n'oublierai jamais. Nous, les enfants, commencions à comprendre ce qui, deux heures plus tôt, ne nous avait pas frappés. Mes cousins et moi, nous nous regardions, consternés d'abord, épouvantés ensuite.

Je fixais mes regards sur ma tante pour imiter son attitude. Elle suivait la messe avec ferveur, je voyais pourtant qu'elle serrait les mâchoires. A tout hasard, j'en fis autant.

« Comme j'avais raison ! Nous n'étions pas au bout de nos peines. Au sortir de l'église, heureux comme à chaque fête de Noël et profondément tourmentés, nous tombâmes dans un remue-ménage complet. Les soldats couraient d'une maison à l'autre, les ordres succédaient aux ordres ; les Allemands essayaient-ils de rentrer en force chez nous ? Ma tante a su bien vite ce qui se passait : pendant la messe de minuit les régiments stationnés à Masevaux avaient reçu l'ordre de monter en ligne sur le Vieil-Armand. Ils commençaient, en silence, à traverser le bourg. Tout le monde agitait des mouchoirs, des drapeaux. Dans la nuit mes larmes passèrent inaperçues. D'ailleurs nous pleurions tous. Ma tante criait : " Dieu vous protège ! Dieu vous protège ! " Je me taisais. Je pensais au lieutenant que, décidément, je préférais à l'autre officier et je priais de toutes mes forces pour qu'il revienne, pour qu'il échappe à la mort.

« Vous pensez bien que je ne pus dormir cette nuit-là et que les jours qui suivirent ne m'apportèrent aucun apaisement : on parlait de lutte acharnée, de pilonnage des lignes, de corps à corps dans les tranchées, toutes choses qui n'avaient pas de sens précis pour moi, mais dont je pressentais l'horreur. Je me représentais des choses effroyables, ce qu'elles étaient en réalité, je l'ai appris bien plus tard et mes nuits, naguère si calmes, étaient hantées de cauchemars. Je me réveillais en criant et, voyant ma tante au chevet de mon lit, toute pâle, hagarde parfois, je la prenais pour une des visions qui me torturaient.

“ Rose, ce n’est que moi, disait-elle. Prends patience et prie le Ciel qu’il t’assiste ! ”

« Au bout de quelques jours, je ne sais plus combien, le régiment revint, si l’on peut encore parler de régiment : il ne comptait que trente à quarante hommes valides. Le lieutenant n’était pas avec eux. Je repris espoir en apprenant que les blessés avaient été évacués vers l’arrière. Cet espoir dura peu : le nombre des morts et des disparus l’emportait de beaucoup sur celui des blessés qu’on avait expédiés vers les hôpitaux de première urgence. L’incertitude finit par m’étouffer, j’osai affronter le colonel et lui demander ce qu’était devenu le lieutenant : il figurait parmi les disparus. Je pris alors un des rubans qu’il m’avait offerts et le glissai dans mon livre de prières. Depuis ce jour, à chaque fête de Noël, je pense à lui, je prie pour lui. Si je vous montrais le missel, vous trouveriez le ruban. J’ai toujours aimé le lieutenant, ajouta-t-elle après un instant d’hésitation.

— Sans défaillance ? » demandai-je au comble de la gêne et simplement pour meubler le silence.

Elle fit signe que non de la tête.

« Et le capitaine ?

— Il a été tué lui aussi. Mais on a retrouvé son corps. »

Cette histoire m’avait beaucoup troublé. Dans l’état où je me trouvais depuis des années, et surtout depuis la mort de ma mère, il n’en fallait pas beaucoup pour me bouleverser. J’en voulais presque à

Rose de m'avoir fait le confident de ses malheurs.

« Pourquoi m'avez-vous raconté cela ? lui dis-je sur un ton de reproche.

— Parce que ce fut mon premier chagrin d'amour et j'ai pensé qu'un écrivain comme vous... »

Je l'interrompis pour lui remontrer que je n'avais pas droit à ce titre.

« Disons à un futur écrivain, conclut-elle. Tout arrive — à moi comme à vous ! Il faut bien que nous en passions par là. Que faire d'autre ? Quand on veut continuer à vivre, on doit demeurer fidèle et pourtant ne pas abandonner la lutte.

— Eh bien, nous lutterons », lui dis-je en prenant congé et sans savoir au juste ce que signifiaient ces mots ni à quoi je m'engageais. Elle me regarda d'un œil pénétrant et se leva. Je m'inclinai devant elle et regagnai ma chambre. Il était plus de six heures du matin.

Aucun déjeuner n'avait été prévu, on le pense bien, un simple café fit l'affaire. Au début de l'après-midi, je montai jusqu'aux ruines. Il n'y avait pas de neige, le sol détrempé glissait sous mes pas. Un ciel uniformément gris, ouaté, pesait sur le vallon. L'absence de vive lumière donnait à toutes les formes quelque chose de fantomal. Je reconnaissais les massifs d'arbres défeuillés par le gel, la silhouette des sapins qui ne paraissaient que plus sombres pour se découper sur l'horizon gris de larmes. Par des raccourcis que mes pieds retrouvaient sans peine, j'arrivai vite au pied de la Strohburg. Les buissons qui obstruaient les fossés étaient tout piquetés de rouge par les fruits des églantiers et par les baies de houx. Les grappes duveteuses des viornes pendaient aux branches comme des lanternes. La nature fêtait aussi Noël. Comme je m'engageais sur ce qui devait être le glacis, à moins que ce ne fût le dernier rempart, je crus que mon imagination me jouait un mauvais tour : alors que pendant l'été je n'avais jamais vu personne dans ces lieux, quelqu'un était là, un homme qui se détachait sur l'éboulis du donjon. Je le voyais d'en bas, à quelque distance, mais je le distinguais sans risque d'erreur. Et pourtant je croyais me tromper. Saisi d'effroi, et me raillant de cet effroi (après tout ce n'était qu'un promeneur, un amoureux des châteaux et des ruines venu passer les jours de Noël chez des parents à Wasserbourg), je continuai à grimper le raidillon entre les blocs de rocher en m'aidant des aspérités de la pierre ou des branches d'arbres pour gravir les passages les plus abrupts. L'homme restait immobile, il me voyait venir, il ne bougeait pas. Il est vrai que la plate-forme qui précède la tour était si étroite, si creusée de brèches et de trous, qu'on ne pouvait s'y mouvoir sans risque de tomber. J'atteignis le sommet, je me trouvai en face de l'inconnu, doutant encore qu'il fût autre chose qu'une illusion de ma vue. C'était un homme sans âge, mais assurément très vieux, ses cheveux blancs coulaient le long de ses joues amaigries. Des vêtements sombres, qui n'appartenaient à aucune époque définie, l'enveloppaient jusqu'aux pieds. Ils ont dû le gêner pour parvenir à la tour, pensai-je. Ce qui me frappa, ce fut son regard, fixe et fulgurant, qui s'enfonçait en moi comme une épée. Je divague, me dis-je encore, je vois le soleil au milieu de la nuit. S'il ne m'adresse pas la parole, je m'effondre, je vais crier. Les fantômes m'inspirent une terreur invincible.

« Je vous attendais, je savais que vous viendriez. »

Sa voix était sourde, presque un chuchotement. Elle ne s'accordait pas avec ces yeux terribles. Je balbutiai une excuse.

« Je vous ai vu à la messe de minuit. Un étranger se reconnaît sans peine. D'ailleurs le forestier des Ellinger m'a parlé de vous. Vous aimez ces ruines. »

Ce n'était pas une question, le forestier l'avait renseigné. Le regard de l'homme sans âge devint insoutenable, je détournai la tête et contemplai la crête des Vosges. Je songeais à mon ami préféré, mon seul ami peut-être, que j'avais perdu et qui, je ne sais comment, me parlait à travers ces ruines. C'est avec lui, avec Willibald, que l'été dernier j'avais passé tant d'heures à la Strohburg.

« Ces ruines s'harmonisent avec les sapins », dis-je à tout hasard.

Cette vague réponse parut satisfaire le vieillard. Il se rendait compte que je ne voulais pas engager avec lui de véritable conversation. Quelque chose me glaçait, une sorte de stupeur émerveillée. J'étais sur le point de défaillir et en même temps l'inconnu exerçait sur moi un ascendant irrésistible, sur mon domaine intérieur le plus secret, le mieux protégé. Mais il n'existait pas de rempart devant ce regard éclatant qui vous mettait à nu. Il reprit, implacable :

« Je sais ce que vous cherchiez en ces lieux, le bonheur, l'enfance, tout ce qui existe et qui n'existe pas, tout ce qui vient à nous et que nous ne toucherons jamais, en un mot la nuit des temps. »

Ces mots reproduisaient de si près ma pensée que je sursautai. Le baron de Beckendorf, car c'était lui à n'en pas douter, fit un geste d'apaisement.

« Ne craignez rien. Je n'exige rien de vous. Je ne suis pas venu pour vous demander des comptes, mais pour vous transmettre un signe, quelque chose qui vous fera reconnaître dans l'au-delà quand l'homme devra prouver son affinité avec Dieu. Sa révolte jadis l'a condamné, mais il peut toujours, s'il le veut, faire reconnaître ses droits et montrer qu'il n'a pas oublié sa vocation première, sa participation à la divinité et à l'éternité. »

Il écarta le pan de son manteau, sortit le bras et me tendit une fleur. J'hésitai à la reconnaître : ce n'était pas une rose de Noël, c'était une fleur à cinq pétales transparents dont la base était marquée d'une goutte de sang, d'une tache brillante et lourde, qui semblait de sang fraîchement versé. C'était la fleur que j'avais vue hier pendant mon bref assoupissement, celle que me donnait ma mère... Je poussai un gémissement et tendis la main.

« C'est la rose de Wasserbourg. J'ai cueilli la dernière, je te l'offre en souvenir de tout », fit-il sur un ton de mystère.

Le talisman passa de ses doigts dans les miens qui se refermèrent sur la tige de la fleur.

Mes yeux se remplirent de larmes et ma vue brouillée fit disparaître un instant l'horizon. Quand la tour de la Strohburg, les montagnes et leurs sapins apparurent de nouveau devant moi, j'étais seul sur la plate-forme périlleuse. Seul, mais chargé d'une promesse et d'un secret.

Je ne sais comment je revins de la Strohburg, j'aurais pu me rompre vingt fois la tête sur les rochers. J'avais besoin de retrouver Rose, elle seule pouvait mesurer l'importance de ce qui venait de m'arriver.

Quand j'arrivai au *Canon d'or*, le jour déclinait. Une partie de l'assemblée de la veille se retrouvait dans la salle. Alphonse Ellinger, pour me taquiner, me demanda si j'avais oublié le chemin des ruines.

« Je l'ai retrouvé et perdu, je ne sais plus très bien où j'en suis. Rose pourrait m'aider à éclaircir tout cela.

— Elle est dans sa chambre. La dernière porte du couloir. Montez-y ! »

Je frappai. Je sentis bien à la façon dont elle dit « Oui, entrez » qu'elle ne s'attendait nullement à ma visite. Elle jeta sur moi un regard interrogateur, presque épouvanté. La chambre, très peu meublée, aurait paru austère sans la présence d'un grand feu pétillant dans la cheminée. Je gardai le silence.

« Que se passe-t-il ? » fit-elle, tout alarmée.

Alors je cédai à un élan secret. Je sentis que, ma mère m'ayant déjà donné une rose, je devais offrir la rose de Wasserbourg à celle à qui en toute justice, en tout amour, elle devait revenir.

« Rose, Rose, m'écriai-je plus ému que je ne voulais le montrer, j'ai reçu le talisman. Il est à vous, je n'ai même pas à vous le donner ! »

Elle prit la tige de la fleur. Depuis qu'on me l'avait remise, les pétales s'étaient un peu flétris, mais ils n'avaient pas perdu leur signification ni leurs couleurs. Elle poussa un cri.

« Dieu du Ciel, vous m'avez exaucée ! »

Je crus qu'elle allait s'évanouir tant elle semblait hors d'elle-même. Moi aussi j'étais occupé par un trouble étrange, tout tournait autour de moi.

« La rose, vous avez reçu la rose ! »

Elle éclata en sanglots puis, comme si elle frissonnait, elle s'approcha du feu et tendit ses mains vers les flammes. Enfin elle se retourna vers moi et me regarda avec une tristesse passionnée. Sa bouche s'entrouvrit, je crus qu'elle allait pousser un gémissement, mais aucun son ne sortit de ses lèvres qui se mirent à trembler comme si le froid de l'hiver les avait saisies. Rose avait pris le don de la rose pour une déclaration d'amour. C'en était peut-être une, je ne savais pas très bien ce que je ressentais. Ce n'est pas moi qui avais pris cette décision subite, c'était Willibald. Non qu'il apparût comme il l'avait fait l'été dernier ou que j'eusse senti sa présence, non, il se passait tout autre chose : il était à l'intérieur de moi, il agissait à ma place. Si un jour je devais prendre Rose dans mes bras et qu'elle voulût bien s'abandonner à mes caresses, ce serait à Willibald et à ses caresses qu'elle se livrerait sans le savoir. Ainsi à travers moi, par l'entremise de mon amour, il pourrait encore avoir sa part des plaisirs de ce monde et prendre sa revanche sur la mort, sur sa double mort. Cette révélation me troubla ; je sentis que Willibald, mort, m'appartiendrait bien plus qu'il n'aurait fait, vivant. Je balbutiai je ne sais quoi. Comme en réponse à ce que je n'exprimais pas, Rose prit le missel qu'après la messe de minuit elle avait déposé sur le marbre de la cheminée et qui se présentait là comme une tentation. Le livre s'ouvrit de lui-même à la page désirée et Rose jeta sur les bûches rougeoyantes le ruban mordoré. Elle fit un signe de croix dessus et le regarda se consumer. Cela ne prit que quelques instants. Alors elle glissa entre les feuillets le talisman que je venais de lui remettre.

« Rose, qu'avez-vous fait !

– Ne croyez pas que je sois oublieuse, ou infidèle. Il y a si longtemps que le lieutenant a disparu... Il revit en vous, d'une certaine manière vous lui ressemblez... Mais ne craignez rien. Je suis votre sœur aînée, vous n'avez rien à redouter de moi, ce n'est pas de moi que viendront les difficultés de votre existence. Je vous comprends. Je comprends tout. »

Je lui pris la main, elle me l'abandonna et je posai un long baiser dans cette paume. Quand je relevai les yeux, je vis qu'elle pleurait. Elle dégagea doucement sa main pour essuyer ses larmes.

« Descendons, fit-elle à mi-voix. On nous attend en bas, dans la salle. Ne parlez à personne de la rose. Ce sera un secret entre nous, un vrai secret. »

UN SONGE QUI S'EFFACE

Cette année-là comme les autres années, nous passions les jours de Pentecôte à la campagne dans une maison inconfortable et sombre, laide à faire peur, qui n'avait pour elle que d'appartenir à la famille depuis longtemps ; on était tellement habitué à ses inconvénients qu'on ne les sentait plus. Dans cette maison, l'été réunissait parents et grands-parents, oncles et tantes avec leurs enfants. On dressait des lits dans les salons, on ne savait où loger tant de monde. « C'est l'arche de Noé, disait Grand-Mère en riant. Pourvu qu'elle ne coule pas ! » Il n'y avait rien à craindre, les murs tenaient bon. Dans mon enfance, j'aimais beaucoup cette arche : avec mes cousins et cousines ce n'étaient que jeux sans fin, fous rires, histoires à dormir debout. Insouciante et gaie comme je l'étais alors, je ne pouvais pressentir que cette maison m'apparaîtrait un jour tel un tombeau. N'empêche que j'y suis retournée, que j'y suis de nouveau en cette fête de Pentecôte. Sans regrets ? Non, ce serait beaucoup dire, mais enfin sans amertumes ni serrements de cœur. Si j'ai failli mourir d'horreur en ce jardin, cela appartient au jamais plus, cela s'est passé dans une autre existence.

L'arche de Noé n'offrait que deux agréments, mais capitaux et qui la transformaient en lieu de délices. C'était d'abord sa terrasse, une terrasse à demi couverte, encombrée de fauteuils de rotin et de canapés affaissés qui perdaient leurs crins. Selon le temps qu'il faisait, on choisissait l'ombre ou la partie ensoleillée. Les enfants y jouaient à la marelle, à cache-tampon, les grandes personnes aux cartes ou aux échecs, à moins qu'on ne préférât la lecture ; des revues s'empilaient sur des tables basses. Quand il pleuvait, les petits se réfugiaient sous l'auvent et menaient grand tapage comme si cela devait ramener le beau temps : nous étions persuadés que le bruit et l'agitation chassent la pluie. Nos parents, exaspérés, nous cédaient la place ; c'étaient alors des farandoles avec clameurs diverses et cris d'animaux discordants, des trépignements, des voix suraiguës et des rires. Quels rires ! On les entendait d'en bas.

Car cette terrasse ne s'étendait pas devant les salons du rez-de-chaussée comme cela se voit dans tant de maisons, avec une volée de marches vers la pelouse, non, elle recouvrait le second étage, de sorte qu'elle dominait sapins et tilleuls groupés autour de l'arche et participait à sa façon aux mystères du règne végétal. C'était une île au milieu de la verdure et des branches agitées par le vent. L'impression de me trouver sur une barque, de voguer à la dérive me plaisait plus que tout et je me tenais là-haut aussi souvent que possible. Le grand salon et le petit, le fumoir, m'ennuyaient et je détestais la chambre que j'avais à partager avec deux de mes cousines et qui me semblait un tombeau tant elle était obscure et exiguë. Le soir nous prétendions qu'elle était obsédée par les fantômes pour retarder le moment où il fallait quitter la compagnie et nous mettre au lit.

L'autre agrément de l'arche consistait dans un vaste jardin, planté de toutes sortes d'arbres, avec des haies et des buissons, le tout laissé à soi-même, dans un demi-abandon. Dans ce parc à la sauvage, nous échappions à toute surveillance ; les bonnes avaient beau crier, sonner la cloche, battre le rappel, quand l'un de nous se cachait sous un bosquet de lilas, dans une touffe de seringas, de sureaux et de boules-de-neige, c'était peine perdue que de vouloir l'en déloger. La faim se chargeait de ramener au bercail la brebis émancipée.

Cette année-là, l'arche de Noé nous appartenait à nous seuls. Je ne sais par quel hasard, les uns se trouvant empêchés, les autres ayant répondu à quelque invitation, nous n'étions que trois sur la terrasse, mon mari, mon petit Michel et moi. Nous ne nous en plaignions pas, seulement le silence de la maison nous surprenait. J'étais bien près de la trouver lugubre, mais, me disais-je pour m'encourager, ce sera du vrai repos. D'autant plus que la gardienne, la vieille Rosalie, me délestait de toute tâche, de tout souci. J'aurais dû être heureuse, une vague tristesse m'oppressait. Michel avait beau s'ébattre comme un jeune chien, sa pétulance ne dissipait pas mes pressentiments.

Depuis Pâques les tempêtes n'avaient cessé de se

succéder, avait dit Rosalie, le printemps était pourri, le ciel allait tomber sur notre tête. Pour nous punir de nos péchés sans doute. Ce jour-là, en tout cas, l'orage s'était amassé dans la vallée, mais sans éclater. S'il avait crevé quelque part, c'était trop loin pour que nous ayons pu profiter de la fraîcheur, de ce sentiment de renouveau qu'on éprouve après une chute de pluie torrentielle. Tout au contraire, la nuit suffocante, bleue de chaleur, collait sur nous. Michel, à cheval sur le petit banc qu'il affectionnait, ne semblait pas en souffrir, mais Thibaut et moi, affalés sur un canapé, ne nous sentions pas dans notre assiette. Les acacias en fleur répandaient une odeur entêtante, qui aspirait mon cœur. Leur feuillage argenté bruissait sous le vent qui, par à-coups insidieux, venait les tourmenter. Alors les parfums redoublaient de violence et j'avais l'impression qu'un immense amour recouvrait le monde. Cela n'était guère plausible, vu la façon dont va le train de ce monde et j'aurais dû, pour une fois, faire appel à la raison, mais j'étais abattue, vulnérable, et m'adressant à mon petit garçon, j'ai cru que je pouvais dire n'importe quoi :

« Michel, tu sens les acacias ? Demain nous irons en cueillir les fleurs et Rosalie nous fera des beignets. Elle les réussit tellement bien ! »

Bien sûr, Michel voulut descendre aussitôt au jardin.

« Mais non, mon enfant ! Il fait déjà nuit et pour demain les fleurs seraient fanées. »

Et j'ajoutai, vraiment malgré moi, comme si une autre femme avait parlé à ma place :

« Acacia, sagesse et mystère, comme on disait

autrefois ! Je me demande qui a inventé le langage des fleurs. »

Mon mari jugea que c'en était vraiment trop, que je débitais des balivernes : Thibaut aime à poser à l'homme raisonnable, à qui on ne la fait pas, qui sait que deux et deux font quatre. Il oublie souvent qu'il joue ce personnage et c'est à ces moments-là que je l'aime le plus. La soirée d'orage m'avait rendue nerveuse, il dut sentir qu'il me faisait de la peine et battit en retraite après m'avoir réprimandée.

« Après tout, mon amie, qui pourrait dire que les allégories des fleurs et des fruits n'existent pas ? Ce sont des symboles comme les autres. »

Je lui serrai la main pour lui faire sentir que je n'étais pas dupe de son indulgence, mais que je sentais bien son affection pour moi. A ce moment, une bourrasque de pluie, de cette pluie qu'on avait attendue tout le jour, bouleversa le ciel et nous chassa de la terrasse. Avant de la quitter, Michel me tira par la robe et me dit en secret :

« Demain nous irons cueillir les fleurs. »

Je le pris dans mes bras et l'embrassai derrière l'oreille, là où commencent les cheveux.

« Comme tu as des forces, mon amie ! s'écria Thibaut. Ce garçon pèse très lourd maintenant. »

Mon mari m'appelait « mon amie », parfois « ma chérie », jamais par mon prénom qu'il jugeait prétentieux. Ce nom, au contraire, me plaisait parce qu'il rimait avec mandarine, avec mandoline et qu'il semblait sorti des romans de la Table ronde, ma lecture préférée en ces années-là. Je m'appelle Gwendoline. Pourquoi ? Je n'en sais rien. Mes parents avaient dû rêver d'aller en Cornouailles. Pour faire court, ils disent Gwen. Ce que Thibaut déteste, et moi aussi.

Le lendemain, Michel n'eut de cesse que j'aie tenu ma promesse. Nous descendîmes au jardin. Il le connaissait comme sa poche, s'étant lié d'amitié avec tous les arbres, si bien qu'il me conduisit, soit par hasard soit parce qu'il le fallait, justement où je ne voulais pas aller, devant le bosquet d'acacias véritables, non pas de ce qu'on appelle chez nous de ce nom et qui n'est que le robinier, mais devant les acacias de Constantinople. Leurs fleurs rose vif embaumaient et leurs aigrettes se balançaient indolemment au bout des branches. Ils ranimaient en moi tant de souvenirs que, encore troublée par l'orage de la veille qui avait peut-être purifié le ciel, mais qui m'avait mis les nerfs à rude épreuve, je vacillai et, perdant tout contrôle de moi-même, éclatai en sanglots. Je détournai le visage afin que mon fils ne vît pas mes larmes, mais il s'en aperçut quand même et me prit la main pour y déposer un baiser. Puis il frotta ma main inerte sur ses lèvres comme pour dire : Ne pleure pas, je suis avec toi ! Enfin il attacha ses yeux sur les miens. Des yeux interrogateurs, implorants. Incapable de soutenir ce regard, je serrai mon fils contre ma poitrine :

« Mon tout petit ! Mon enfant à moi ! »

Ce qui, bien sûr, ne signifiait rien, personne ne cherchant à me séparer de Michel. Ce fut ma seule réponse à sa muette demande.

« Les acacias blancs feront de meilleurs beignets. Rosalie n'aurait pas voulu des roses. Ce ne sont pas des arbres de nos pays. »

Je ne dis pas d'où ils venaient afin de ne pas éprouver le même déchirement que dix ans plus tôt quand je tombai évanouie dans ce jardin.

Pourtant, dans ma prime jeunesse, je n'avais nullement été une de ces enfants émotives et sujettes aux vapeurs, comme on disait alors, qui demandent toujours protection et tournent de l'œil pour un oui pour un non. Tout au contraire, je n'avais peur de rien. Un vrai garçon manqué, disait mon père que ma témérité amusait. Maman me prodiguait en vain des conseils de retenue, de modestie. Qu'avais-je à en faire ? N'étais-je pas une sorte de Mélusine ? N'avais-je pas une longue chevelure châtain à reflets dorés et des yeux couleur d'aigue-marine ? Point de traits réguliers sans doute, mais on n'y résistait pas. Je le savais, j'en abusais, sans en tirer d'ailleurs de vanité excessive. De tels privilèges vont de soi : j'étais faite pour régner. Tout le monde devait obéir à mes caprices.

Hélène, ma sœur aînée, plus belle et plus pondérée, répondait à l'idée qu'on se fait des déesses antiques : un port majestueux, un air calme et pythagoricien. Moi je n'étais que fantaisies, extravagances et pieds de nez. Mon père aussi qui s'était à demi ruiné en spéculations hasardeuses. Quand on parlait d'argent, maman soupirait et moi, qui m'en souciais comme d'une guigne, je l'entraînais dans une danse effrénée.

« Ma fille est un lutin », disait-elle à qui voulait l'écouter.

Ce lutin lui donna du fil à retordre quand vint l'heure du mariage. Je tombai amoureuse d'un jeune homme à qui mon père refusa de me donner : j'étais trop jeune, pas encore seize ans, pensez donc ! et lui n'était ni français ni chrétien. Comment songer à pareille union ? Maman essaya de toucher la corde sensible :

« Ta sœur nous a quittés. Que vais-je devenir si tu m'abandonnes aussi ? »

En fille dénaturée, je ne songeais qu'à Sabahattine et je me disais que je l'aurais, contre vents et marées. Nous nous étions rencontrés en Bretagne, un soir de Saint-Sylvestre. Mes parents avaient accepté l'invitation d'amis qui possédaient là-bas une villa au bord de la mer. Je n'attendais rien de bon de cette équipée, mais le moyen de ne pas suivre ses parents ? La Saint-Sylvestre m'a toujours paru une fausse fête, lugubre à souhait, la mort de l'année nous faisant penser à notre propre mort, à celle de ceux que nous aimons. Bien décidée à me montrer insupportable, je regardais d'un air méprisant les garçons qui voulaient danser avec moi. Il y en avait bien une dizaine, triste vengeance, prétentieuse ou balbutiante. Il n'y en avait qu'un qui ne s'occupait pas de moi. Un peu perdu, semblait-il. Peut-être s'ennuyait-il autant que je me morfondais.

« Si nous dansions, pour voir ? dis-je tout à trac.

– Je ne comprends pas bien. Pour voir quoi ?

– Si ça nous fait plaisir. »

Cela fit plaisir, il n'y avait pas à s'y tromper. Il s'appelait Sabahattine. Il venait d'un pays dont je ne me formais pas la moindre idée. Je ne m'imaginais d'ailleurs que la Cornouailles à cause du nom que je portais et des romans que je lisais. Son pays à lui était à l'autre bout de l'Europe, juste à l'opposé de la Cornouailles.

Par son aspect, Sabahattine n'avait rien d'oriental ; ses cheveux blond foncé, son teint clair et mat n'évoquaient pas les rives du Bosphore. Je découvris plus tard que le fait est courant dans la société ottomane. Sabahattine avait un air de franchise qui contrastait avec ses traits d'enfant secret, refermé sur sa solitude, et ce contraste provoquait en moi un désir poignant, un regret éperdu. Désir de quoi, regret de quoi, je n'aurais su le dire, mais il se passait en moi quelque chose que je n'avais jamais connu.

Ce soir-là nous nous sommes dit un tas de choses, des choses sans importance, mais qui renforçaient notre complicité, si bien qu'à minuit, quand ce fut l'heure des souhaits sous les énormes touffes de gui ornant la maison, je répondis de tout cœur au baiser de Sabahattine.

Un peu plus tard, nous allâmes faire un tour sur la falaise. L'idée de la promenade dut nous venir en même temps, je ne me souviens pas que l'un de nous ait proposé l'escapade. La nuit incitait à la flânerie. Nous ne pouvions voir le mouvement des vagues, nous les entendions se briser sur les rochers et mugir sourdement. Nous marchions à pas lents, serrés l'un contre l'autre, mais sans échanger de baisers, comme si l'entente scellée sous le gui devait suffire à notre contentement.

Ensuite je m'assis sur un rocher et Sabahattine descendit vers la plage. Il en revint, les bras chargés de chardons des sables, de galets et d'un chandail que la mer avait rejeté. Il déposa ces présents devant moi et resta silencieux. Je touchai les pierres, les plantes, mais non le chandail, qui avait peut-être appartenu à un naufragé et qui devait porter malheur. Sabahattine se moqua de ma superstition : que pouvait-il nous arriver de mal si un jour nous étions l'un à l'autre et si nous nous aimions ? Il me prit la main et la tint longuement dans les siennes. Tout à coup je me mis à trembler.

« Vous avez froid ? Rentrons. »

Notre absence avait attiré l'attention. Maman faisait les cent pas dans le vestibule.

« Mon enfant, tu perds la tête ! Où étais-tu ?

– Sur la plage, à cueillir des chardons. »

Je lui tendis la tige que je tenais encore à la main. Elle refusa de la prendre comme si je lui avais offert un serpent.

« Gwen, tes imprudences me feront mourir. Ton père est très mécontent. »

Je montai dans ma chambre où je m'enfermai, tout heureuse de pouvoir songer à Sabahattine dans la solitude. J'étais sûre qu'il n'était pas retourné danser et qu'il pensait à moi.

Il y pensa si bien que deux mois plus tard il demanda ma main. Mon père la lui refusa. Il s'obstina, n'eut pas gain de cause. Pourtant mes parents, qui s'étaient renseignés auprès de leurs amis bretons, avaient appris sur lui les choses les plus favorables : son père était un haut fonctionnaire du palais et, bien que fort soutenu par le souverain détrôné, il n'avait rien perdu de son crédit. Sabahattine parachevait son éducation à Paris. Il était promis à un bel avenir. Fort bien. Mais selon les idées de mon père, une Française n'épouse pas un musulman.

Je tombai de haut. Je ne m'étais pas souciée de savoir si celui que j'aimais était un parti enviable ou non, je désirais respirer l'air qu'il respirait, confondre mon existence avec la sienne et l'épouser puisque les convenances le voulaient. Les considérations d'ordre social et religieux n'avaient jamais compté pour moi et voilà qu'on me refusait ce qui était devenu ma vie, mon unique pensée !

Je maigris, je perdis mes couleurs. La moindre contrariété me causait des crises nerveuses que l'on soignait avec des compresses d'eau sédative et je ne sais quelles pilules. Celle qui me tenait lieu de duègne m'entraînait dans d'interminables promenades à travers le bois de Boulogne : l'air, le bon air, semblait la panacée. Le remède agit tout autrement que mes parents ne l'avaient prévu. Mademoiselle, une bonne personne, fort sentimentale, prit mon parti. Elle feignait de ne pas voir Sabahattine quand il me rejoignait au Bois, faisait quelques pas en avant et nous laissait converser. Nous disions les choses les plus importantes du monde, que nous ne pouvions pas vivre l'un sans l'autre, que mon père était un tyran, dont il fallait absolument triompher. Mais les moyens, nous n'en trouvions pas. Sabahattine se lamentait, je pleurais à chaudes larmes, cela n'avançait pas nos affaires.

Sur la fin d'avril, celui que je regardais comme mon fiancé m'apprit que son père était au plus mal et qu'il devait regagner la Turquie. J'eus une sorte d'illumination.

« Il faut nous marier en secret, et je partirai avec vous ! »

Ma détermination le surprit.

« Je vous dis que je partirai. L'ambassadeur est votre ami. Il peut nous unir et me donner un passeport. »

Le lendemain soir je dormais à l'ambassade et le surlendemain dans un wagon-lit de l'Orient-Express. J'avais laissé à mes parents une lettre, où je les suppliais de ne pas me poursuivre, leur disant que j'étais en un lieu où les gendarmes ne pouvaient pas me rattraper – et d'ailleurs mariée... Le mal était fait. Qu'ils me pardonnent !

J'arrivai à Constantinople que les Turcs appelaient Istanbul et je fus éblouie par cette multitude de coupoles, de minarets, de maisons de bois si curieusement décorées et surtout par le Bosphore avec ses caïques rapides qui le sillonnaient d'une rive à l'autre, ses palais, ses jardins et ses collines plantées de cyprès sur lesquelles dévalait la lumière. Mon beau-père n'agonisait pas encore. Il eut le temps de poser la main sur mon front et de me bénir. La maison était sens dessus dessous, pas question que nous y habitions. Des amis de Sabahattine lui cédèrent une partie de leur maison d'été, grande demeure de bois décoré dont la façade donnait sur le Bosphore. Le premier étage en encorbellement surplombait les eaux ; de là j'avais l'impression d'habiter un navire. Je voyais le courant rapide, le ciel, les mouettes, les bateaux de guerre faisant route vers la mer Noire, les caïques qui allaient d'Europe en Asie et d'Asie en Europe en quelques coups d'avirons.

La cérémonie funèbre de mon beau-père se fit chez lui, selon la coutume. Un saint homme, barbe blanche et vaste turban, chanta des versets du Coran, récita des prières, fit l'éloge du défunt. Il n'y avait pas de fleurs sur le cercueil, ni d'ailleurs dans la pièce où il était exposé, ni encens qui brûlait, ni sombres tentures, rien de ce qui pour nous environne et magnifie la mort. Sabahattine était consterné ; il me tenait la main comme il l'avait fait sur la côte bretonne, fortement, sans parler.

La maison d'été sur le Bosphore, à moins qu'il ne faille dire le palais ou le pavillon, était entouré d'un jardin où fleurissaient glycines, lauriers-roses, acacias, citronniers, grenadiers et bien d'autres arbustes dont j'ignorais le nom. Les troènes y étaient aussi élevés que les pins. Ce jardin me plaisait encore plus que la maison qui était pourtant lumineuse, ornée dans le goût oriental de divans, de tapis, de lustres de cristal et de candélabres dorés. Tout cela scintillait, jetait mille feux qui répondaient aux flots pressés du Bosphore, à leurs crêtes d'écume, aux cris des mouettes et aux appels des navires.

Je ne vis guère ma nouvelle famille ; le deuil ne s'y prêtait pas. Les fils aînés, mariés eux aussi, me témoignèrent beaucoup de courtoisie sans chercher à m'accaparer. Sabahattine était très affligé par la mort de son père, mais auprès de moi il oubliait sa douleur et me prodiguait mille tendresses. J'étais une épouse enfantine pleine de curiosité, toujours prête à rire et que la nouveauté amusait. Dieu sait que là-bas tout m'était nouveau ! La moindre promenade dans les quartiers avoisinants avec leurs boutiques, leurs cafés et les petites places ombragées me remplissait de joie. Pour ne pas attirer l'attention, je portais un vaste manteau de soie brune, une épaisse voilette et le déguisement m'enchantait. Nous visitions les mosquées, nous entrions chez les marchands de gazes et de mousselines, chez les joailliers souvent sans rien acheter, car si j'avais laissé faire Sabahattine, il aurait dévalisé les comptoirs et m'aurait parée comme une idole. J'eus bientôt ce que j'appelais des tenues d'odalisques, d'almées, de bayadères et les babouches les mieux brodées du monde, des colliers, des pendants d'oreille et des ceintures d'argent orfévrées, moi qui n'avais jamais possédé de bijoux, ni même eu l'envie d'en posséder. Mais cela faisait partie du rêve, du bonheur. Je mettais ces parures le soir quand nous étions en tête à tête pour distraire mon mari.

Le coucher de soleil sur le Bosphore est un spectacle somptueux qui se donne tous les soirs. Nous nous tenions dans ce qui formait comme un belvédère, toutes fenêtres couvertes. Sur la table il y avait des friandises, des sirops et de l'eau glacée. Souvent le crépuscule tombait, la nuit venait, nous étions encore l'un près de l'autre sur le divan à échanger des baisers. Je ne me lassais pas de ses lèvres, de ses bras, de sa présence. L'odeur de son corps me donnait le vertige. Je me disais que j'aurais été bien déraisonnable de ne pas partir avec Sabahattine. Trois lettres à mes parents restèrent sans réponse, enfin maman m'écrivit : la colère de mon père se calmait. Bientôt je sus que j'étais pardonnée. Les faibles remords que j'avais éprouvés se dissipèrent.

Quand Sabahattine devait voir sa famille, il me confiait à Doudou qui me servait de chaperon si je voulais sortir.

Qui était Doudou ? Une Arménienne qui avait joué auprès de lui les rôles de bonne d'enfant, de garde du corps, de souffre-douleur. Faut-il dire qu'elle l'adorait ? Quand il était parti pour Paris, elle avait regagné son logement d'Arnautköy. Son mari était mort ; le veuvage lui pesait, elle s'ennuyait ferme. Aussi était-elle ravie de tenir notre ménage et surtout de retrouver son ancien nourrisson. Elle m'avait adoptée pour lui complaire et me témoignait beaucoup d'attachement. Elle m'appelait Gwendoline Madame et je ne m'en portais pas plus mal. Elle savait assez de français pour se faire comprendre et me racontait mille histoires sur les enfances de Sabahattine. Aucune de ses premières polissonneries, aucun de ses bons mots qui ne me fussent contés. La traduction leur enlevait beaucoup de sel, mais n'importe ! Mon imagination faisait le reste.

Doudou était maigre comme un maquereau séché, elle me paraissait vieille comme le temps. Son visage brun et plissé n'exprimait ni tristesse ni gaieté ; elle ne s'animait qu'au moment où elle parlait de Sabahattine, son soleil, son émerveillement continu. Elle s'inquiétait sans cesse de lui. Quand elle était saisie de pressentiments funestes, son angoisse finissait par me toucher.

– Gwendoline Madame, tout ça finira mal, je le sens ! Il est trop bon, trop généreux, il attire le malheur. Les cyprès les plus élevés attirent la foudre. Prions ensemble pour écarter l'orage !

Parfois c'était en présence de Sabahattine qu'elle voyait du noir comme elle disait. Alors elle multipliait les signes de croix, invoquait saint Anastase et saint Étienne Tigrane et s'étouffait dans ses patenôtres. Puis elle sautait sur un pouf, sur un divan, et serrant Sabahattine contre elle, Doudou lui soufflait sur la tête et lui effleurait le visage de ses mains.

« Que Dieu te protège, mon fils !

– Tu es vraiment pittoresque ! disait Sabahattine.

– Moi ? Pas du tout. Je suis simplement arménienne. Habituée au pire, je redoute le pire. Si toi tu me faisais du mal, je mourrais tout debout comme un éléphant.

– Et pourquoi te ferais-je du mal ?

– Ce sera malgré toi, mon fils, malgré toi que tu me tueras ! »

Ces prédictions sinistres finirent par m'alarmer : qu'allait-il se passer ? que pouvait-il se passer ? J'écrivis à mon père qui ne me rassura pas. Il me conjurait au contraire de revenir en France au premier signe de désastre. Nous étions en juillet 1914, le monde allait éclater. Je ne voulus rien en croire ; je regardais le monde dans les yeux de Sabahattine.

Un jour, pourtant, je fus prise de doute et me mis à trembler moi aussi. Nous avions déjà assisté à la cérémonie du vendredi quand le sultan se rend à la mosquée pour la prière rituelle. Le faste de la manifestation m'enchantait. Les soldats, bannières en tête, défilaient ; les chevaux des lanciers caracolaient ; les fanfares aux instruments étranges remplissaient les rues et les places. C'était une affluence d'hommes telle que je n'en avais jamais imaginé. Et je ne parle pas des dignitaires religieux en robes vert émeraude ou rose acide, coiffés d'énormes turbans, de la garde impériale et de la suite personnelle du souverain ! Perdus dans la foule, nous nous laissions porter par l'enthousiasme collectif. Sabahattine était toujours ému : lui que je n'avais pas vu pleurer aux obsèques de son père, je crois bien qu'une fois il ne put retenir ses larmes.

Ce vendredi-là il avait reçu des places d'honneur et j'eus la chance d'assister de tout près à la fête sacrée. Quand midi sonna, les fanfares firent silence et les soldats – combien étaient-ils ? deux mille, trois mille ? – crièrent d'une seule voix : « Allah ! Allah ! Allah ! » Le soleil était au zénith, je crus qu'il allait tomber sur nous tant la clameur vibrait dans l'air brûlant. Le souverain descendit du carrosse. C'était un vieillard si pâle, si transparent qu'il ne donnait pas l'impression d'exister. Sabahattine m'avait dit que Mehmet Reshat, aussi peu fait que possible pour régner, avait passé trente ans de sa vie sans sortir de son palais, sans rien savoir du monde ni de ce qui s'y faisait. L'abdication de son frère l'avait amené sur le trône, il ne s'y trouvait pas à l'aise et semblait compter les jours qui le séparaient de sa fin. Quand je vis ce spectre de sultan monter les degrés de la mosquée et flotter comme une ombre sur les tapis précieux, j'eus le sentiment qu'il annonçait la mort, la mort de Sabahattine et la mienne aussi, la mort de ceux qui assistaient à la cérémonie et de ceux qui, dans les pays lointains, ne s'en faisaient aucune idée. C'était la mort elle-même, la ruine universelle, qu'il représentait. Terrifiée, je saisis le bras de Sabahattine afin de résister au vertige qui montait en moi. Je restai debout, presque sans conscience, obsédée par la vision atroce qui venait de s'emparer de mon esprit.

Quelques jours plus tard, l'Allemagne déclara la guerre à la Russie, puis à la France, et le cauchemar commença. Mes parents, redoutant que la Turquie ne sût pas résister à la pression des Empires centraux, m'accablèrent de télégrammes. Malgré d'affreux pressentiments, j'avais décidé de rester auprès de Sabahattine, quoi qu'il advînt. Je ne comprenais rien à ce qui se passait, mais je sentais bien, à l'inquiétude croissante de mon mari, que les choses allaient mal. Il avait l'esprit ailleurs, ne s'occupait plus guère de moi, si bien que d'abord je crus qu'il avait cessé de m'aimer. Il me traita de folle et m'assura que, tout au contraire, son angoisse venait de ce qu'il ne songeait qu'à moi : qu'allais-je faire, lui mobilisé, dans un pays devenu ennemi ? Car si les Alliés n'avaient pas encore rompu avec la Turquie, ils allaient le signifier dans les jours qui venaient. Tout le monde le savait, tout le monde s'y attendait. Je compris alors que, si Sabahattine m'aimait infiniment, il aimait aussi son pays et jamais ne sacrifierait son pays à moi.

Ce fut la première fois qu'il me fit de la peine, le premier coup de poignard qu'il me donna. J'avais renoncé à tout pour vivre avec lui et il me parlait d'honneur, de patrie, toutes notions qui n'offraient guère de sens pour moi. J'en fus offensée, et plus encore déchirée. Dans ces incertitudes je cédai à ses supplications, j'acceptai de partir.

A mesure que la situation s'aggravait Doudou s'épanouissait. Non qu'elle s'en réjouît, la pauvre, mais elle s'ébattait dans le drame comme dans son élément naturel. On envisagea d'abord qu'elle me suivrait en France, et elle accepta pour complaire à Sabahattine, mais je sentis bien que le cœur lui manquait. Après tout, l'Empire ottoman était aussi son pays et elle ne voulait pas s'éloigner de la tombe de son mari. Je le lui fis entendre aussi affectueusement que je pus et elle en tomba d'accord. Elle me baisa les mains et me tutoya pour la première fois : « Gwendoline Madame, tu es ma fille. Tu sais ce qu'éprouve la bonne Doudou. Non, je ne peux pas partir avec toi. Mais je te donnerai de quoi te défendre si on te veut du mal. »

La veille de mon départ, je sus enfin de quoi il s'agissait. Cela se fit à l'insu de Sabahattine qui, peut-être, n'aurait pas approuvé. Oui, elle me remit le pistolet qui avait appartenu à son mari.

« Je te le donne, dit-elle. C'est tout ce que je tiens de lui. Mais je te le donne de tout cœur. »

Elle avait l'air tragique, un rien théâtral ; elle faisait preuve de fermeté d'âme comme il sied à une veuve, à une Arménienne vivant un grand jour, une heure historique.

« Gwendoline Madame, je vais te montrer comment on s'en sert. Tu abaisses le chien, tu vises et tu appuies sur la détente. Comme ça. Regarde bien. »

Elle ouvrit la fenêtre, pointa l'arme vers les arbustes et tira. Le projectile se perdit dans le feuillage.

« Fais-en autant. Il reste six balles dans le revolver. »

Elle me le tendit et je tirai à tout hasard. A ma stupeur, j'entendis un bruit sec.

« Tu vois comme c'est simple ! dit Doudou triomphalement. Si on te manque de respect pendant le voyage, tu sais ce qu'il faut faire. »

Je n'eus pas à en venir là, on s'en doute bien. J'avais mis le pistolet dans mon nécessaire de toilette, sous les brosses et les flacons, on ne l'y chercha pas. Sur le bateau qui devait me conduire à Naples, je ne quittai pour ainsi dire pas ma cabine, si grand était mon désarroi. La réflexion n'a jamais été mon fort : je me prenais la tête à deux mains pour essayer de comprendre l'enchaînement des choses, pour mettre de l'ordre dans mes pensées. En fait, la seule question qui me harcelait était de savoir si Sabahattine m'aimait toujours. Il m'avait juré de venir me rechercher dès que possible, quelles raisons auraisje eues de douter de sa parole ? Pourtant je me sentais misérable, abandonnée. Si mon départ s'était fait dans l'exaltation, dans un bonheur magique, mon retour s'effectuait dans l'abattement, dans les larmes. Quand j'y pense, j'ai l'impression que pendant la traversée je n'ai pas cessé de pleurer.

Mes parents m'accueillirent avec tendresse, ne me posèrent aucune question. Si, pourtant : Maman me demanda si j'attendais un enfant et comme je fis non d'un signe de tête : « Dieu soit loué ! » dit-elle.

Moi, j'aurais voulu avoir un enfant de Sabahattine afin de me relier à lui plus étroitement encore. Sa pensée ne me quittait pas. Si mon corps aussi avait été plein de lui, j'aurais moins redouté l'avenir. Sans doute l'heure n'avait-elle pas sonné où je devais être mère.

Mon retour à Paris ne pouvait se faire à une période plus désastreuse. La bataille de la Marne avait éprouvé bien des familles, deux de mes cousins avaient disparu dès le début de l'offensive, des amis de la famille aussi. Autour de moi ce n'était que deuil et désolation, et l'on parlait sans cesse des régions du Nord envahies, des réfugiés à loger, de la guerre toujours. Mes parents décidèrent d'aller s'installer à la campagne. Je les suivis, indifférente. En esprit, je vivais sur le Bosphore, dans les bras de Sabahattine. Cette arche de Noé retrouvée, où mes deux cousines veuves et leurs enfants nous rejoignirent, me plaisait à double titre : elle me parlait de mon enfance, elle ne me parlait pas de Sabahattine qui n'y était jamais venu. Grand-mère tenta d'y faire revivre la vie d'autrefois : elle y réussit de temps en temps, si fortes étaient son autorité et sa détermination. Aussi me remettais-je parfois à espérer ; je me disais qu'après tout la vie recommencerait comme avant... Je me disais cela surtout les jours où j'avais reçu des nouvelles de mon mari. Ces lettres étaient rares, vu les difficultés d'acheminement qu'il me taisait, mais tendres et amoureuses. Elles me laissaient pourtant sur ma faim, car elles ne contenaient aucune précision sur ce qu'il faisait, sur les lieux où il se trouvait. Il fallait se contenter de ce qu'elles apportaient : un signe de vie, un signe d'amour.

Quand le temps était sec, au moindre rayon de soleil, je montais sur la terrasse, où je me promenais de long en large comme un prisonnier qui s'applique à prendre de l'exercice. Ou bien j'allais au jardin où j'arpentais les allées, passant et repassant devant les mêmes bosquets, saluant les mêmes arbres comme si j'observais un rite, comme si je me conformais à un vœu. Thérèse et Julie, les filles de mes cousines, m'accompagnaient parfois ; bien vite lasses de mon mutisme, elles me rendaient à la solitude.

Un jour de mai 1915, le 6 mai exactement, je longeais le bouquet d'acacias. Ils n'étaient pas encore fleuris, je m'en souviens, mais leurs branches, leurs feuilles se répandaient mollement dans le ciel calme. Tout à coup je fus renversée par une douleur térébrante, je battis l'air de mes bras comme pour me raccrocher à quelque chose, je portai les mains à mon cou et m'affalai dans l'herbe. Sûrement j'allais mourir, j'étais déjà morte. Je perdis connaissance.

C'est en cet endroit que me découvrirent Thérèse et Julie. Elles alarmèrent la maisonnée. On me transporta dans mon lit. Le médecin ne décela aucune cause à ce malaise et prescrivit le repos, le silence. Je n'en voulais pas davantage : dès ce moment-là je savais que Sabahattine avait cessé de vivre.

Les lettres que je reçus plus tard ne m'apprirent rien que je n'eusse pressenti. Mon beau-frère m'écrivit, avec force ménagements, avec une délicatesse vraiment touchante, comment Sabahattine avait perdu la vie : dans la sanglante aventure des Dardanelles, avec des milliers d'autres jeunes hommes, l'élite du pays. La balle qui l'atteignit lui avait tranché la carotide : il était mort sur-le-champ. C'est cette balle elle-même qui m'avait abattue dans le jardin.

A la longue lettre de mon beau-frère était joint un billet de Doudou : je le sais par cœur : « Gwendoline Madame, quand tu tiendras ce mot entre tes mains, je ne serai plus de ce monde. Ne te demande pas comment j'aurai rejoint mon Sabahattine, ce sera chose faite. Je t'aimais bien aussi. »

Le billet de Doudou m'illumina : elle me disait ce que j'avais à faire, elle me montrait le chemin, sans me donner de conseils, sans m'adjurer, par la seule vertu de l'exemple. Quand elle « voyait du noir », elle avait la prescience de bien des choses : ce n'était pas par hasard que le pistolet de son mari se trouvait entre mes mains, il devait me servir. Elle avait tout prévu.

J'étais hors de moi, et lucide pourtant. Je sentais qu'il fallait agir vite, sans réfléchir davantage. Le soir était venu. Je sortis l'arme de sa cachette et grimpai sur la terrasse, désertée à cette heure. Je me penchai sur la balustrade pour respirer une dernière fois l'odeur du jardin. J'abaissai le chien comme Doudou me l'avait appris et, sans trembler, en me concentrant sur l'image de Sabahattine, j'appliquai le pistolet sur ma tempe et tirai.

Rien n'en sortit. Doudou s'était trompée sur le nombre des balles restantes, ou bien Sabahattine avait vidé le barillet sans rien me dire. A moins que ce ne fût mon père... Je restai là, hébétée, le pistolet pendant au bout de mon bras.

J'avais seize ans, je ne voulais plus vivre. Mais la vie voulait à ma place, je laissai faire : je n'avais plus de forces, plus de volonté. Quelque chose en moi s'était brisé. La balle ne m'avait pas atteinte, et pourtant elle m'avait tuée. Celle qui s'était crue irrésistible, toute-puissante, une manière de Mélusine, devint une jeune femme grave, toujours un peu triste, désabusée. Je ne me reconnais plus, personne ne me reconnaît.

La guerre finie, j'ai épousé Thibaut. Je ne pouvais pas rester toujours seule et sans enfants. Sabahattine qui m'a donné un coup de poignard est un songe qui s'efface. Pourtant il est toujours présent, attentif. Et je sens, fixés sur moi, ses yeux remplis de larmes.

L'ÉTERNITÉ FRAGILE

« Le trouverons-nous encore en vie ? Je lui avais donné dans les quatre-vingts ans, peut-être en a-t-il dix de plus. Comment savoir avec les vieillards ? Ils n'ont plus d'âge, ils ont passé leur âge. »

J'approuvai par une sorte de grognement. Oui, Hadji Omer pouvait avoir quatre-vingt-dix ans ou cent ans ; Alpay me l'avait décrit comme un vestige de l'Empire ottoman et j'avais grand désir de voir ce monument fabuleux. Mais s'il s'était écroulé depuis la dernière visite d'Alpay qui remontait à trois ans ? L'incertitude et l'impatience ne nous empêchaient pas de faire attention aux inégalités de la route, ou plutôt de la piste qui serpentait au pied des montagnes, Alpay ayant préféré à la grand-route qui longe le Tuz Gölü, le lac de Sel, ce chemin ignoré. Depuis une heure nous n'avions croisé ni une voiture, ni une carriole, pas même un chameau. Pour une solitude, c'était une solitude : nudité hostile, rochers affleurant partout, arbres rares et souffreteux, l'Anatolie dans sa grandeur désertique et royale.

« Le plus surprenant, dit Alpay, c'est que parfois,

dans des endroits pareils, on aperçoive un mendiant au bord de la route, qui tend la main sans prononcer un mot.

– Qu'attend-il, puisque personne ne passe ?

– Il n'attend rien, il espère un signe de Dieu.

– Et Hadji Omer, attend-il lui aussi un signe de Dieu ?

– Il attend la mort. Il a fait le pèlerinage de La Mecque, il a tourné autour de la Pierre, il peut mourir avec tranquillité. »

Le vent apporta soudain un parfum délicat, comme un parfum de fraise.

« Ce sont les jujubiers sauvages, à moins que ce ne soient les térébinthes, dit Alpay. La botanique n'est pas mon fort. »

Térébinthe ou jujubier, c'était une odeur bienvenue : elle parlait d'ombre et de fraîcheur. Dans la voiture il faisait une chaleur d'enfer – toutes vitres baissées pourtant, mais de soudaines rafales soulevaient sable et poussière et nous desséchaient le gosier.

La seule distraction était de guetter les musaraignes en faction sur leurs pattes de derrière, au bord de la piste. Elles attendaient le moment où nous passions près d'elles pour faire des zigzags devant l'auto. A l'allure où nous roulions, au pas pour ainsi dire, afin de ne pas casser un ressort ou je ne sais quoi, elles ne risquaient rien et nous admirions leur démarche irrégulière, pleine de caprices. Nos autres compagnons de route ne se souciaient pas de nous : corneilles, faucons et parfois, planant très haut, les ailes immobiles, des aigles.

Au bout d'une heure ou davantage, il fallut bien en convenir, nous nous étions égarés. Dans ce monde immobile, sans âge, où les villages pareils à des essaims de frelons s'accrochent aux flancs des montagnes, les chemins ne mènent nulle part. La lumière sans pitié, la nudité du sol, les rochers brûlants m'inspiraient de l'angoisse. Étions-nous relégués dans un repli de l'espace et du temps, oubliés à jamais ? Je commençais vraiment à avoir peur.

« Nous n'arriverons jamais, soupirai-je, et si nous tombons en panne d'essence, où trouver du secours ? »

Alpay, haussant les épaules, leva la main vers le ciel, le doigt tendu, et me dit avec un sourire :

« Tu parles toujours de Dieu, c'est le moment de le prier. »

Il ne souriait qu'à demi, le sarcasme n'était qu'à demi sincère. Il fallait se tirer de ce mauvais pas ; il avait beau faire le brave, il s'inquiétait, lui aussi. C'est alors qu'apparut un de ces mendiants extasiés : sans souci du vent ni du soleil, il était assis sur le talus et, au bruit du moteur, il tendit la main. Je n'en croyais pas mes yeux, mais enfin ce n'était pas une hallucination. Sa barbe jaunie se perdait dans les plis de sa souquenille, ses prunelles aveugles fixaient la lumière sans ciller, son visage semblait taillé dans la pierre. Alpay arrêta la voiture et déposa quelques lires dans sa paume tournée vers Dieu : l'homme était loin de tout, déjà ailleurs, la solitude même. Quand il sentit le poids des pièces, il rendit grâces au passant charitable et de sa bouche édentée sortit une voix cristalline, suraiguë. Ce devait être une formule rituelle ; puis d'un ton plus grave, proche sans doute de son élocution habituelle, il remercia Alpay de son humanité.

« Tu lui as répondu ? demandai-je ensuite.

– A quoi bon ? les mots sonnent creux dans ces cas-là.

– Tu ne lui as pas demandé le chemin ?

– Il a oublié tous les chemins, s'il les a jamais sus. Sa bénédiction doit nous suffire. »

Elle s'avéra plus nécessaire que jamais, les trous et les ornières qui dégradaient la piste se multipliant à plaisir.

« Il vaudrait mieux s'arrêter, dis-je d'une voix faible, aller à pied jusqu'à l'un de ces villages et demander de l'aide. »

Alpay me jeta un regard de reproche : son honneur était mis en jeu, sa fureur allumée. Il aurait défié le monde et les dieux plutôt que de lâcher prise. Pour seule réponse, il arrondit les épaules et se pencha sur le volant.

Je ne sais comment finit par se présenter le chemin qui menait en effet à Nevsehir. Ou plutôt si, je le sais : l'intercession du mendiant et la colère d'un chien couleur sable décidèrent de notre sort.

« Tu vois ses oreilles coupées ? dit Alpay. On les lui a fait manger pour le rendre plus farouche. »

Farouche, l'animal l'était assurément, et courageux, et obstiné : les coups inutiles qu'il lançait contre la carrosserie ne le rebutaient pas, il n'en aboyait que plus fort et son indignation croissait avec ses échecs. Il aurait sauté dans la voiture si la force de ses jarrets le lui avait permis et nous aurait égorgés de bon cœur. Ce sont des animaux qui, paraît-il, descendent de chiens de berger amenés par les croisés. Celui-là, en tout cas, se démenait comme un démon et, s'il nous tira d'affaire, ce fut à son corps défendant : à deux reprises, lors d'une bifurcation, comme Alpay hésitait sur la route à prendre en l'absence de tout panneau, il s'élança devant nous et nous mit dans la bonne direction. En fait, il nous escorta presque jusque dans les faubourgs de Nevsehir où nous arrivâmes assoiffés, exténués après quatre heures d'errance, ravis pourtant de la traversée dans ce pays d'éternité.

Il nous restait à gagner le village de Hadji Omer : Alpay savait comment s'y rendre. Il avait fait connaissance de ce vieil homme lors d'un précédent voyage et, séduit par sa dignité sereine, son hospitalité à l'antique et l'odeur de l'épicerie où il semblait plutôt célébrer un culte inconnu qu'exercer un commerce, il lui avait promis de revenir le voir.

Le village de Hadji Omer n'est pas de ceux qui font la réputation d'étrangeté de la Cappadoce, mais à défaut de rochers en pain de sucre et de cheminées des fées, il offre une singularité qui attire les touristes, une ville souterraine de plusieurs étages qui servait de refuge, et cela pendant des mois, à la population de jadis lors des incursions arabes. Nous la visitâmes avant de retrouver Hadji Omer ; je le reconnus à la description qu'Alpay m'avait faite : très vieux assurément, mais pourtant encore beau. Assis à sa devanture, il égrenait son chapelet tout en rêvassant. Une barbe fournie, très blanche, s'étalait sur sa poitrine. Il portait turban, veste ajustée et large pantalon de coton grège.

« A cause de son pèlerinage, tout le monde le vénère ici comme un homme de Dieu », me dit Alpay avant de le saluer.

Le vieil homme, tiré de sa songerie, ne reconnut peut-être pas son visiteur, mais il n'en montra rien. Au contraire, il l'embrassa et manifesta la joie la plus touchante : on ne l'avait pas oublié, on était allé jusqu'à Derinkuyu.

La devanture de son épicerie étroite et délavée, avec un volet qui servait d'étal dans la journée et de clôture pour la nuit, ne laissait pas présager l'exubérante richesse de l'intérieur : c'était la caverne d'Ali Baba avec, au lieu d'armes et de joyaux, des objets de tous les jours, mais dans une profusion qui rendait le lieu féerique. Du plafond pendaient des balais, des ceintures, des foulards, des chaussettes de laine tricotée de toutes les couleurs. Sur les murs on trouvait des bottes de piments, de l'ail et de l'oignon, et sur les étagères des pains de sucre, des pots de confiture, des pâtes de fruits. Des meubles à tiroirs contenaient les denrées plus précieuses, les épices, la farine et la semoule. Les pois chiches, le maïs et le riz débordaient de sacs posés sur le sol. C'étaient ces épices dont l'odeur, combinée avec celle, plus rustique, des huiles et des saumures, des paquets de corde et des sandales de cuir, composait une fragrance qui faisait rêver, qui évoquait les temps passés, l'Empire ottoman, les conquêtes, les Croisades.

Notre arrivée n'était pas passée inaperçue ; en moins de rien, l'échoppe se remplit d'amis et de curieux. On apporta des chaises des maisons voisines, et Hadji Omer ne voulut s'asseoir qu'au moment où tous, les familiers comme les lointains voyageurs, eurent trouvé place. L'entassement fut prodigieux, l'odeur d'hommes surpassant par instants celle de la boutique. Les tasses de café circulèrent, ainsi que les pistaches et les pois chiches, premier rite d'hospitalité. Les voisins écoutaient avec respect la conversation d'Alpay et du pèlerin de La Mecque, ne s'y mêlaient qu'avec modestie ; ils me regardaient avec sympathie, m'adressant parfois de bons sourires afin de m'honorer ou de m'encourager. Je leur rendais sourire pour sourire, c'était là notre seul moyen d'échange, ma connaissance du turc se bornant à bonjour, bonsoir. Je n'avais pas besoin de comprendre ce qui se disait pour être heureux, je me croyais dans une épicerie enchantée où tout pouvait arriver ; les balais, les écrans de paille, les cuillères en bois allaient peut-être m'adresser la parole, et moi, inspiré par le Saint-Esprit, j'allais leur répondre en turc. Mais non, rien de tel ne se produisit. Le temps passait, les voisins s'enhardirent, la conversation devenue générale s'anima. Les tasses de café, les pistaches et les pois chiches circulèrent pour la quatrième fois, tout allait pour le mieux, sans que la merveille s'en mêlât. Je le regrettais bien un peu, regardant avec fixité les chaussettes de laine, les ceintures ou les jarres d'huile avec l'espoir de les voir s'agiter ou changer de couleur pour me donner signe d'amitié, mais décidément je n'avais rien à attendre. Le mendiant en extase et le chien secourable devaient me suffire ce jour-là. Les gouttes de parfum qu'on me versa sur les cheveux me ramenèrent à la réalité. A défaut d'une complicité avec les objets, je recevais du moins une marque d'estime de Hadji Omer : je me tournai vers lui, inclinai trois fois la tête pour le remercier. Ce salut eut l'air de lui faire plaisir, car je fus de nouveau aspergé de parfum. Le jour tombait. Je pensais que nous n'avions point de gîte, qu'il était temps de regagner Nevsehir.

Inquiétude superflue : les gens du village tinrent à nous loger : outre le devoir d'hospitalité, le fait d'être des amis de Hadji Omer nous donnait un prestige sans pareil. Les maisons turques contiennent quantité de matelas et de coussins : c'est l'enfance de l'art que d'improviser un lit. Mais d'abord eut lieu le dîner chez le plus opulent de ce pauvre village. Un excellent dîner qu'on avait dû préparer dès notre arrivée si j'en jugeais par la qualité des hachis de viande et de légumes, le raffinement des salades et des compotes. Hadji Omer présidait le repas, le maître de maison s'étant par respect effacé devant lui. Le saint homme m'avait fait asseoir à sa droite. Il me prit la main et la garda dans les siennes aussi longtemps que dura la conversation. Il va sans dire qu'Alpay fit l'interprète.

Hadji Omer avait pourtant bien cru que nous pourrions nous passer de ses services puisqu'il s'adressa d'abord à moi en grec. Sous l'Empire ottoman il y avait à Derinkuyu une importante colonie grecque, plus nombreuse même que la fraction turque, et Omer avait appris la langue de ses voisins avec lesquels il vivait en bonne intelligence. Pour lui, chrétien signifiait grec. Surpris plus que déçu, il me demanda de quel pays je venais. La France. Ah ! oui, fit-il, ne sachant au juste où se situait cette nation qu'il connaissait de nom.

« Et vous êtes chrétien ? fit-il d'un air de doute comme s'il n'y avait pas moyen de dissocier cette religion de la Grèce.

— Oui, mais de l'Église romaine. »

Cette fois, il leva les bras, comme si cela passait les bornes de la vraisemblance.

« Les Grecs ne parlaient jamais de Rome, dit-il.

— C'est qu'il y a parmi les chrétiens autant de sectes différentes que chez les musulmans. Les Grecs n'ont pas plus de rapports avec nous que les Iraniens chi'ites avec vous.

— Et vous vous battez aussi ?

— Bien sûr ! »

Cet esprit belliqueux, qui ne me caractérise pas, parut le réjouir.

« Nous non plus, nous n'aimons pas ces Alewis qui badigeonnent leurs maisons en rouge, ni ces Ismaéliens qui attendent leur imam caché. Mais Dieu qui donne sa grâce à qui Il veut égare aussi ceux qu'Il veut. Les malheureux qui ne connaissent pas la vraie foi ne sont pas à blâmer. Dieu dirige tout et Il dirige comme Il veut. S'Il veut qu'il existe des Alewis et des Ismaéliens, Il sait pourquoi. " Ce n'est pas toi qui as lancé ta flèche, c'est Dieu qui l'a lancée " », acheva-t-il en citant le Coran.

Après cette conclusion qui réjouit l'auditoire, le dîner commença. Hadji Omer toucha à peine à ce qui se trouvait dans son assiette et se mit à somnoler ; il me parut soudain très vieux, à bout de forces. On fit semblant de ne pas s'en apercevoir et la conversation alla bon train. N'en comprenant pas un mot, je me contentai de savourer les boulettes de viande et les hachis de légumes. Vers la fin du dîner, Hadji Omer émergea de la léthargie qui l'avait accablé, il me prit la main et me dit avec courtoisie :

« Demain, je vous montrerai des fresques qui vous feront plaisir – même si vous n'êtes pas grec. »

Le lendemain, je dus cacher ma déception tant les peintures qui ornaient le chœur de l'église transformée en mosquée étaient effacées. Il fallait avoir les yeux de la foi pour distinguer une Résurrection d'une Nativité. Hadji Omer, pour qui ces vestiges sans forme ni couleur ne présentaient aucun sens, semblait aussi fier que s'il nous avait découvert des fresques dans un admirable état de conservation et d'une exquise valeur artistique. Je me demandais pourquoi il avait tenu à nous mener devant elles. Ce qu'il était en train de raconter, le plaisir qu'il prenait à faire le guide bénévole, ne me renseignaient pas.

« Les enfants, ou plutôt les petits-enfants de nos anciens voisins, reviennent parfois à Derinkuyu. Ils veulent voir leur église, c'est moi qui les y conduis. Nos jeunes ne savent plus le grec, et eux ne savent plus le turc. A quoi ça leur servirait-il dans leur nouvelle patrie ? Moi aussi d'ailleurs, j'ai changé de patrie. Avant j'étais ottoman, maintenant je suis turc. Je ne le savais pas.

– Où se trouvait la vraie Turquie autrefois ? demandai-je.

– Partout et nulle part. C'était un état d'esprit. »

Sur quoi, il frotta sa vaste barbe blanche avec vivacité et entama une discussion avec Alpay sur un sujet qui leur tenait à cœur, si j'en jugeais par le ton de leurs voix, la rapidité des répliques et les sentiments variés que traduisait leur physionomie. Sont-ils d'accord et dans ce cas ils s'unissent contre un contradicteur imaginaire, ou bien soutiennent-ils des opinions opposées ? Je m'essayai à deviner la cause de leur excitation soudaine, plus manifeste chez Alpay dont le regard provoquait on ne sait qui. Ce n'était pas un point de religion ou de morale, Alpay ne s'y serait pas risqué. De politique peut-être : le vieil homme gardait-il de l'attachement au sultan ? Je n'imaginai pas qu'Alpay eût la grossièreté de le lui reprocher. Non, il s'agissait d'autre chose. Je m'interrogeais encore quand arriva le moment de prendre congé. Hadji Omer nous remercia de notre visite et nous donna sa bénédiction. Un sourire un peu triste se forma sur ses lèvres.

« Mon fils, je te vois pour la dernière fois, dit-il.

– Hadji Omer, j'emporte votre image dans mon cœur », répondit Alpay.

Le vieil homme hocha la tête et nous dit adieu d'un signe de main. Il entra dans son épicerie, mais ce fut pour en sortir aussitôt et diriger sur nous, sur la voiture, le jet d'une gourde remplie d'eau.

C'était pour nous préserver des hasards de la route. La précaution du pèlerin de La Mecque fut aussi efficace que la prière du mendiant, le retour se passa sans encombre. Je profitai de l'occasion pour demander à Alpay de quoi ils avaient discuté à la sortie de la mosquée.

« Tu avais l'air de lui tenir tête.

– Pas du tout, nous étions parfaitement d'accord. C'est la tolérance des Ottomans qui a perdu l'empire.

— La tolérance !... Les Arméniens et les Grecs donnent un autre son de cloche !

— Est-ce que nous avons imposé notre langue, notre religion ? Avons-nous forcé les chrétiens des Balkans à se convertir ? Avons-nous fermé les écoles grecques ? Nous avons mis dans les pays conquis des soldats et des administrateurs, ce n'était pas assez pour assurer la conquête définitive.

— Il n'y a jamais de conquête définitive. Tu vois bien ce qui se passe en Irlande, au Pays basque.

— Il n'empêche que tous ces peuples qui se prétendaient opprimés ont beaucoup profité de notre facilité. Surtout les Arabes que nous avons favorisés et qui nous ont salement trahis. C'est contre eux que Hadji Omer s'irrite le plus. Il pardonne aux Grecs et aux Arméniens, mais pas aux Arabes que la religion au moins aurait dû garder dans le loyalisme. L'indignation l'a mis dans un tel état qu'il ne savait plus ce qu'il disait. Il bredouillait des mots sans suite, j'ai cru qu'il allait avoir une attaque... »

Je comprenais maintenant pourquoi Hadji Omer tenait tellement à me montrer ces fresques : elles témoignaient de la tolérance des Turcs. Dans l'église devenue mosquée, on ne les avait pas recouvertes d'enduit, on les avait respectées.

« Pauvre Hadji Omer ! dis-je. C'est une chance qu'il ne lise pas les journaux d'Occident, il étoufferait de colère devant certains articles. »

Nous approchions d'Aksaray. Tout à coup un énorme corbeau, d'un noir étincelant, se posa sur la route, sans souci de la voiture qui arrivait sur lui. Alpay donna un coup de frein, l'auto fit une courte embardée et s'immobilisa sur le côté de la route. L'oiseau n'avait pas bougé ; il nous dévisagea d'un œil implacable, dédaigneux aussi, mais avec une insistance qui nous frappa.

« Il est arrivé quelque chose...

– Oui, dit Alpay, Hadji Omer vient sûrement de mourir. »

LES CHEVAUX DE CE JARDIN

On sait que les dimanches en Angleterre n'incitent pas à la pétulance, ceux d'Écosse sont encore pires. Le jour du Seigneur doit confirmer l'homme dans sa misère ; il faut s'ennuyer, devrait-on en mourir. Le seul remède est d'aller à la campagne, mais comment le faire sans voiture ? Les trains eux-mêmes s'immobilisent pour respecter la Sainte Loi.

Je dis tout cela d'expérience, ayant passé un dimanche à Glasgow. J'avais retrouvé Léonard dans cette ville où, lecteur à la Faculté des lettres, il m'avait proposé de faire une conférence sur le renouveau du fantastique dans la littérature d'aujourd'hui. Beau sujet et qui promettait. Il tint ses promesses, l'auditoire parut content. Au cours de la réunion qui suivit, où le gin et le whisky furent de la partie, on me vanta la beauté des environs : le loch Lomond, l'île d'Arran, tel château, tel jardin réputé pour ses bruyères et ses rhododendrons. Mais personne pour s'offrir à m'y mener. C'était parler pour ne rien dire.

Le samedi se passa tant bien que mal. Léonard me

laissa le choix entre ces excursions possibles : j'optai pour Arran. L'horaire consulté nous apprit qu'il n'y avait pas de bateau le dimanche. Va donc pour le loch Lomond !

De bonne heure, ce qui n'augmentait pas notre gaieté, nous nous dirigeâmes vers la gare Saint-Énoch : ce fut pour la trouver fermée. Les gares en Écosse imitent les banques et les postes. D'autres auraient renoncé, mais Léonard se sentait d'humeur à tenter le diable. N'ayant pas quitté la ville depuis des semaines, il voulait goûter un air plus salubre.

« Allons quand même au loch Lomond ! Il existe un autre itinéraire. »

Le ton était sans réplique. Il n'aurait pas suffi à faire ouvrir la gare centrale si elle avait été verrouillée : elle ne l'était pas. Mais obtenir les renseignements nécessaires de la part d'employés figés dans la gravité puritaine ou dans l'ivresse de la nuit précédente prit du temps : le train partit sous nos yeux. Léonard jura ses grands dieux que nous brûlerions quand même la politesse à cette ville maudite et, m'engageant dans un dédale de passages, de cours et d'escaliers, il me conduisit dans le hall souterrain d'une autre gare sur le point de se fermer elle aussi : le temps de grimper dans un train qui démarrait, nous étions partis. Mais pour où ? C'était le cadet de nos soucis.

Je ne reconnaissais pas la banlieue qui jadis m'avait épouvanté par son aspect sinistre et gluant. Les taudis avaient fait place à des immeubles tout aussi laids, mais que la crasse et la suie n'avaient pas encore barbouillés ; dans dix ou vingt ans ils n'auraient plus figure passable. Léonard m'apprit que, masures ou gratte-ciel, la même violence secouait ceux qui habitaient ces quartiers : ils se battaient toujours à coups de casquettes avec une visière munie de lames de rasoir – de jolies balafres. Usines, entrepôts, magasins, tous les ports se ressemblent. Parfois, entre deux cheminées, entre deux échafauds métalliques, une échappée nous permettait d'entrevoir les eaux grises de la Clyde. Le train circulait donc vers l'ouest, sur la rive sud de l'estuaire, il nous déposerait sûrement quelque part. Nous avions demandé au contrôleur des billets pour le terminus.

A mesure qu'on s'éloignait de Glasgow, le paysage devenait plus agreste, sinon moins désolé ; aux bassins de radoub avaient succédé des landes, des lagunes où se traînait le ciel. Le terminus se révéla être Greenock, bourg inexorablement insignifiant comme en proposent les cauchemars ; les rues se coupaient à angle droit, elles étaient bordées de maisons basses, toutes pareilles et comme on pouvait s'y attendre pour un dimanche, personne n'y circulait, sauf le vent. Il ne restait qu'à fuir un lieu si peu hospitalier, ce que nous fîmes au plus vite. Une route s'offrait, qui longeait l'estuaire ; elle fut la bienvenue, malgré les rafales d'enfer qui balayaient le rivage. Le mois de mai était déjà bien écorné, on se serait cru à la fin de l'hiver. Léonard fit semblant de respirer avec délices cet air vif qui le purifiait et comme il espérait que pour ma part j'allais m'en plaindre, je redoublais ma satisfaction, rien que pour le dépiter. Nous voilà cheminant le long de l'estuaire, les cheveux en désordre, le souffle coupé par la violence du vent. Un temps charmant, comme on voit. Nous allions droit devant nous, décidés à répondre à la moindre invite du sort. Nous étions seuls en ces lieux, personne ne se hasardait à sortir de chez soi, on s'en doute bien. Allait-il pleuvoir ? On ne sait jamais ce qui va survenir en Écosse. En tout cas, le soleil ne se montrait pas.

Lassés de cette marche sans but, nous nous jetâmes dans le premier chemin de traverse qui nous parut attrayant ; les haies au moins nous protégeraient du vent. L'air se fit plus doux, des églantiers étaient en fleur ; dans les vergers quelques arbres s'étaient décidés à ouvrir leurs bourgeons. L'espoir revint.

Tout à coup débouchèrent d'un pré une jument alezane et son poulain. Rien de plus charmant que l'apparition de ces deux animaux à la robe brillante, rouge doré, qui se promenaient librement dans la campagne. Ils nous précédaient, la jument d'un pas fier et allègre, le poulain en faisant mille folâtreries. Ils disaient bonjour aux haies, aux arbres qui dépassaient des haies. Les oiseaux dans le feuillage leur adressaient des saluts, des invites, venez, l'herbe de ce pré est succulente, ce verger mieux fleuri que les autres. La jument répondait par de brefs hennissements, parfois elle se contentait de dresser la crinière, de l'agiter et le poulain en profitait pour gambader de plus belle.

A certain moment, la jument se retourna vers nous et la tache blanche qui étoilait son front brilla d'un éclat singulier. C'était le signe que nous attendions, bien persuadés que l'alezane devait nous conduire là où il fallait, là où nous étions attendus. Elle s'arrêta à l'entrée d'un parc, piaffa d'impatience comme pour nous dire : eh bien ! qu'avez-vous à hésiter ? Nous y sommes, entrez ! Elle paya d'audace et, suivie de son poulain, elle entra dans le parc où elle disparut derrière un massif de buis taillés. Nous n'osions pas franchir le seuil, ne sachant si l'ogre propriétaire allait surgir, ou bien un ange avec une épée flamboyante, pour nous interdire l'accès, quand arriva un respectable couple de Britanniques vêtus de la tête aux pieds, par prudence ou par obligation rituelle, de tissu imperméable transparent. On apercevait leurs corps comme dans une prison miroitante.

« Nous venons tous les ans voir ce jardin. Il y pousse des espèces uniques en Europe, une vraie rareté, un vrai bonheur. Mettez deux shillings dans cette boîte, une œuvre de bienfaisance, et commencez la visite par l'allée de gauche. Vous verrez, c'est un autre monde ! »

Ils entrent, et nous à leur suite. Le jardin à flanc de coteau, en pente raide, dans un vallon abrité, très chaud, très humide, ruisselant d'eaux de source, nous suffoque par la profusion de ses arbres fleuris. Ce n'est plus l'Écosse pluvieuse, éventée, c'est tout à coup un autre monde, on ne sait où, une bénédiction du ciel. Avec toutes ces fleurs énormes, charnues, blanches, roses, jaunes, vermeilles, agrandies par le délire végétal, ce jardin a la fièvre, il s'imagine qu'il se trouve sur les versants de l'Himalaya et le génie du lieu, complaisant à sa folie, fait pousser ces magnolias, ces rhododendrons hauts comme des églises, ces arbres-dômes immenses, surchargés de chandelles et de grappes, ces tours enlacées par la glycine et le chèvrefeuille. Pour le remercier, toutes ces plantes forment une ronde immobile, se balancent avec grâce et sans bouger, encensent ou se prosternent devant lui.

Au détour du sentier qui fait des zigzags tout en escaladant la pente raide de la colline, nous nous trouvons juste en dessous du couple miroitant. Avec quelle admiration ils regardent leurs protégés ! Avec quelle tendresse ils parlent à chacun d'eux ! Puis ils constatent, ravis : *Hanno cresciuto dall'anno scorso.* Oui, ils ont grandi depuis l'an dernier. Pourquoi leur parlent-ils en italien ? Ils nous l'apprennent l'instant suivant, nous entrons en conversation. Monsieur est de Bergame et madame de Lugano. Chaque année ils viennent en Écosse pour y trouver les plus beaux jardins du monde.

« Les arbres poussent ici avec plus de bonheur, monsieur. Ils se sentent chez eux, ils ne font pas de façons et montent bravement jusqu'au ciel. Vous voyez cet érable avec ses branches qui traînent sur le sol, on dirait la queue d'un paon ; il m'a soufflé au passage : ne va pas plus loin, c'est ici le jardin des délices. Mais à moins de prendre racine, comment rester ? »

Une pluie fine se met à tomber, qui fait briller les deux amateurs d'arbres. Ils ont l'air prêts à la métamorphose. Ils nous conseillent de nous asseoir à l'abri de l'érable, dans cette grotte végétale et de voir venir.

Voir venir quoi ? Ah ! bien malin qui le dira. Nous, nous levons les yeux et c'est pour apercevoir, à bonne hauteur, une petite fille, aux cheveux roux courts et frisés, qui balance ses jambes en chantonnant. A moins que ce ne soit un petit garçon : des jambes de pantalon qui se balancent, un menu derrière de biche et je ne sais quelle écharpe autour du cou, ce pourrait être un petit garçon. Disons plutôt que cela ressemble à un lutin, et des plus charmants. Il se met à rire en nous voyant regarder la pluie d'un air chagrin, il ne s'en soucie pas. La vie lui paraît agréable et l'Écosse bénigne. Elle est accueillante pour les animaux et les plantes, tant pis si les hommes s'y sentent brimés ! Ils n'ont qu'à devenir chevaux, chiens, bruyères ou sorbiers !

Le lutin saute de branche en branche et vient nous rejoindre. Son air malicieux nous semble tout à fait engageant et par cette pluie nous sommes prêts à tout entreprendre.

« C'est un petit garçon, dis-je à Léonard.

– Tu veux dire que c'est une petite fille. Dans quelques années, avec sa moue et ses cheveux ébouriffés elle servira de modèle à Lewis Carroll pour faire une mendiante. »

Je le regarde, interloqué.

« Carroll est de tous les temps. Il photographie à tour de bras en ce moment. Regarde. »

Deux visiteurs, pas les respectables et miroitants Italiens qui n'ont d'yeux que pour les arbres, mais deux Anglais apparemment, braquent leur appareil sur le lutin qui rit aux éclats et leur adresse un pied de nez. Puis il nous fait signe de le suivre et nous emmène jusqu'en haut de la colline, là où finit le jardin. Une haie d'aubépines sert de clôture. Et de l'autre côté ? Plus rien, sans doute, sinon de l'herbe et des pommiers sauvages. Il n'y a plus qu'à redescendre par où nous sommes venus. Le lutin est d'un avis contraire. Adossé contre un sycomore, il nous tient ce langage. Non, il ne dit pas un mot ; de son index pointé il se contente de nous révéler un passage, que nous n'aurions jamais remarqué tant il est étroit et de faible hauteur. Il nous gratifie d'un sourire pour nous encourager et disparaît.

Nous voilà de nouveaux perplexes : ogre propriétaire, ange à l'épée flamboyante, les hommes ont-ils les mêmes droits que les lutins ? Mais l'heure n'est pas aux scrupules et nous jetant dans l'herbe, nous nous glissons sous la haie, point trop épineuse à cet endroit grâce à Dieu.

Je m'attends à bien des choses, et même au pire, mais vraiment pas à ça : nous pénétrons dans le Jardin des Délices, celui qui précédait n'en figurant qu'un essai prometteur, mais bien timide. Ici le soleil brille avec éclat. C'est le mai, le joli mai chanté par les poètes. Les arbres sont plus luxuriants que ceux de la colline, les fleurs plus vives, les ruisseaux plus scintillants, les pelouses plus vertes. Du sable aux couleurs de l'arc-en-ciel recouvre les sentiers. Il invite à la promenade, à la rêverie.

Il invite aussi au plaisir, car tous ceux que nous voyons s'y livrent en toute ingénuité, à deux ou à plusieurs, comme s'ils étaient seuls en ce jardin. Peut-être se croient-ils seuls ? Ils sont tout nus, du même âge, très charmants. En tout cas, ils ne nous voient pas. Léonard flatte le dos d'une jeune fille qui enfonce des aiguilles de pin dans les pétales d'une fleur inconnue. Elle se retourne avec vivacité et, ne découvrant personne, reprend sa tâche. Comment faire pour nous rendre visibles à ceux dont les yeux s'ouvrent sur d'autres soleils ?

Heureusement l'alezane et son poulain, toujours

secourables, s'en viennent vers nous. Elle se laisse gentiment enfourcher par mon compagnon, je passe le bras autour du cou de son enfant et m'installe tant bien que mal sur son dos. Quel trot ! Quelle trotte ! Le soleil commence à nous échauffer. Les deux animaux nous font accomplir le tour du triomphe. Ce doit être un rite, une obligation, puisque tout le monde s'y soumet. Le tour du triomphe consiste à faire plusieurs fois le tour d'un lac à l'eau verte et écumeuse. Toutes sortes de bêtes servent de montures : il y a des chevaux, bien sûr, mais aussi des ânes, des chameaux, des tigres, des éléphants qui batifolent, et aussi des licornes, des chimères et des griffons. Au centre du lac, sur un socle de rochers moussus s'élève un obélisque de marbre rare d'où jaillissent, hors de conduits de cristal, des panaches d'eau scintillante qui retombent en agitant la surface et suscitent des remous qui viennent finir sur la rive avec un léger flic-flac-floc.

La parade achevée, nos chevaux nous conduisent vers une assemblée bigarrée où l'on perçoit enfin notre présence, où l'on s'efface devant nous pour nous laisser passer. Nous enlevons ce qui nous reste de vêtements : nous sommes tout pareils aux autres. Je ne me croyais pas fait comme ça.

Des estrades, des pavillons sont dressés sur l'herbe comme pour une fête. C'est la fête, elle commence, se poursuit ou recommence. Il n'importe. Des bateleurs font le boniment. Quand ils annoncent : Venez sucer l'orteil du prince, décoiffer la belle de nuit, grappiller saint Frusquin, mordre la croupe de la géante, tous obéissent avec enthousiasme. C'est à qui arrivera le premier ! Un ordre succède à l'autre, on se précipite avec le même élan. Nous en faisons autant et suçons, décoiffons, grappillons, mordons à qui mieux mieux. Tout ça dans la bonne humeur et les éclats de rire.

Diverses machines sollicitent les flâneurs au passage, toutes plus ingénieuses et plus attirantes dans leur agencement qu'on puisse les rêver. Il y en a même qui parlent et qui aguichent le promeneur. En voici une, devant nous, dont les parois translucides laissent voir le liquide qui l'actionne, un liquide couleur champagne tout chargé de semence. Deux prestes dames ne peuvent pas résister bien longtemps.

« Nous voulons les petites mères ! »

Une palette s'abaisse, un godet rempli de l'élixir s'offre aux quémandeuses : elles l'avalent d'un trait. Alors fonce sur elles, surgi du lac ou de la forêt, un loup-cerf dans l'intention de les croquer ou de les aimer, sait-on jamais ? Elles ne peuvent que répéter :

« Nous voulons les petites mères ! »

Le loup-cerf s'amadoue. Quand elles lui caressent les ramures, il se met à rire et ce rire le transforme en homme, et des plus engageants, irrésistible, qui les entraîne et qui entraîne à leur suite la foule des promeneurs. C'est une folâtre procession qu'il conduit. On s'arrête pour boire, pour danser la farandole, pour échanger des baisers et rouler dans l'herbe. La cérémonie durerait jusqu'à la fin des temps si les eaux, qui jaillissent de l'obélisque et qui semblaient inépuisable cristal, ne se dressaient à la verticale et ne crevaient le ciel. Alors le jardin se dégonfle, se ratatine, des crevasses fendent les prés et par les gouffres on aperçoit les entrailles de la terre qui se soulèvent, respirent, travail obscur.

Léonard me tend un livre ouvert et qu'est-ce que j'y trouve ? La description du jardin, de la fête, du lac et de la foule processionnelle qui l'entoure.

« Quelle chance que tu aies déniché ce bouquin ! Je me proposais justement de raconter notre aventure. C'est déjà fait, ne recommençons pas ! »

Léonard me regarde avec ironie. Je sens qu'une fois de plus il va me contredire et m'accabler de sa supériorité méprisante.

« Rien n'est écrit. Voici la page blanche.

– Mais alors, mais alors...

– Où crois-tu que nous sommes, pauvre idiot ? Où crois-tu donc qu'on nous a menés ? »

Il éclate de rire et me plante là. Je reste seul, interdit, épouvanté. Je le vois s'éloigner, cheval ; il trotte, il galope, il disparaît. Je prends racine, je deviens arbre, bouleau, frêne ou sorbier des oiseaux, qui le dira ? Il n'y a plus personne pour le dire.

OÙ SE CRISTALLISE LA MORT

Pendant les dix jours que dura le procès, un procès vivement expédié pour calmer l'opinion publique et justifier l'entourage du monarque, on l'étourdit de mille questions ; en fait c'étaient les deux mêmes questions qui revenaient sans cesse, lancinantes comme des mouches importunes. On aurait dit que ses dénégations hautaines et farouches ne faisaient qu'attiser la méfiance des juges et leur incrédulité : ils lui demandaient s'il avait eu des complices et qui lui avait remis le poignard dont il avait frappé le roi, ils n'en démordaient pas. Les questions qui suivaient comme : avez-vous reçu de l'argent pour commettre cette action détestable ? Qui vous en a inspiré l'idée ? Qui vous a donné conseils, appuis, réconforts ? Qui a levé vos scrupules religieux ? revenaient toutes au fait de savoir s'il avait agi seul ou s'il y avait eu conspiration et dans ce cas, en faveur de qui, quels étaient les grands personnages de la Cour à qui profitait la mort du roi Henri, la Maison d'Autriche, le parti espagnol, les Guise et ceux qui les servaient. Jean-François

Ravaillac répondait sans se lasser, comme illuminé, qu'il n'avait eu d'autre complice que lui-même, que si l'on est enflammé par l'amour de Dieu et par un saint zèle pour l'Église, on n'a point besoin d'acolytes ni de soutiens. Ce poignard, il l'avait volé dans une auberge, il en avait dépouillé un inconnu, un étranger d'après sa mine et son accent, un étranger dont il ne savait ni l'origine ni le nom, qu'il ne reconnaîtrait même pas, à qui il avait subtilisé son couteau au moment où ils se séparaient. Ses juges, ses tortionnaires, car on le soumit plusieurs fois à la question, ne purent tirer autre chose de lui. Il ne comprenait pas pourquoi on s'obstinait à croire qu'il mentait, qu'il voulait par son silence et par sa force de caractère couvrir des personnages illustres. Personne ne l'avait aidé, personne ne l'avait inspiré : c'est Dieu seul qui avait armé son bras. Pour ceux qui sont absolument malheureux, il n'y a rien à adorer, sauf le Démon. Jean-François Ravaillac, qui suffoquait de solitude et de déréliction, adorait Dieu comme il aurait adoré le Démon, avec une ardeur perverse, avec un acharnement qui le frustrait de son âme, le laissait filandreux et glacé.

Ramené dans sa cellule de la Conciergerie dont l'air confiné aurait abruti un homme moins sûr de lui, il étendait sur un grabat son corps douloureux et savourait son martyre. Dieu l'avait choisi pour être l'instrument de Sa colère, le fouet de Son châtiment et lui avait envoyé des signes non équivoques, des signes miraculeux de Sa sainte volonté : lui, Jean-François Ravaillac, l'enfant d'Angoulême, celui que tout le monde moquait et montrait du doigt à cause de sa tignasse rousse et de sa peau trop blanche, laiteuse, lunaire, marquée de taches de son, c'était lui que Dieu avait élu pour purger la terre d'un monstre, le roi Henri qui voulait abaisser la Maison d'Autriche, s'allier aux princes protestants d'Allemagne et faire la guerre au pape. Oui, c'était lui, le pauvre hère au nom sonore et rocailleux, qui avait été marqué entre tous pour abattre l'Antéchrist, le Dragon de l'Apocalypse... Loin de nier son crime, il s'en glorifiait : il mourrait en confesseur de la foi. Quand Dieu vous a désigné comme exécuteur des hautes œuvres, on garde la tête haute, on subit les tortures avec une héroïque résignation. On fait plus : on y aspire comme à la volupté suprême qui vous justifie. Ravaillac était une manière de géant dont le corps, couvert de poils roux, semblait habité par le Démon. Même ses juges, et le président de Harlay le tout premier, qui se défendaient de la superstition, étaient troublés par son apparence bestiale et, sous le prétexte de crime de lèse-majesté, ils inventèrent les tortures les plus raffinées et les plus cruelles. Roué de coups, déformé, distendu, brûlé, Ravaillac ne parla pas ou, s'il parla, on ne divulgua pas ses aveux : ce qui se passe à la question reste sous le secret de la Cour comme ce qui se dit au confessionnal. Mais les tortionnaires qui s'acharnèrent sur lui, excités dans leur brutalité salace, parlèrent de cette chair démoniaque qui semblait les provoquer. Ravaillac, ivre de douleur et d'orgueil, hors de lui-même, ne les voyait pas, ne les entendait pas : il pensait à la mission dont Dieu l'avait investi et, tout éclatant de joie, il poussait des rugissements de terreur et le plaisir. Les yeux révulsés, la bouche écumeuse, il râlait comme un mystique ravi en extase. Une fois revenu sur terre, plus il parlait de la mission divine qu'il avait dû accomplir, plus on le pressait de dénoncer ses complices. On lui promit même une exécution simulée et la vie sauve dans un couvent s'il donnait les noms de ceux, si haut placés, si puissants fussent-ils, qui l'avaient protégé, qui l'avaient poussé au crime. Mais comme il s'obstinait à proclamer qu'il avait agi seul, on le traitait de bête infecte et dangereuse, on le regardait comme un simple d'esprit, comme un aliéné... Ses juges, qui en savaient bien plus que lui, se disaient qu'il avait été adroitement circonvenu, dirigé à son insu, suggestionné et que, comme un homme en état d'hypnose, il avait accompli un meurtre ourdi par d'autres, qu'il n'avait été en cette affaire qu'une marionnette dont on avait tiré les fils et maintenant un bouc émissaire. Ils allaient l'immoler et ceux qui avaient travaillé dans l'ombre oseraient triompher. Telle est la justice de ce monde.

On n'en continuait pas moins à interroger le criminel jour et nuit, quand les séances de torture ne le mettaient pas hors d'état de répondre. Ravaillac n'avait besoin ni de sommeil ni de repos : dès qu'il reprenait conscience, il répondait à ce qu'on lui demandait avec une fermeté qui stupéfiait ses bourreaux. Par exemple, l'année précédente, quand il avait essayé de pénétrer au Louvre, avait-il déjà l'intention du régicide ? Nullement. Il était venu à pied d'Angoulême afin de supplier Sa Majesté de faire la guerre à ceux de la religion prétendument réformée, car le royaume avait besoin d'une nouvelle Saint-

Barthélemy pour être purgé des gredins qui complotaient sa ruine. Et Ravaillac ajouta :

« Qui a la volonté de tuer autrui pour de l'argent et s'est malheureusement laissé corrompre par cupidité pour assassiner son prince ne va pas l'avertir comme je l'ai fait à trois reprises. Ou plutôt comme j'ai tenté de le faire, puisque je n'ai pu m'approcher du roi... »

Deux fois les gardes du palais l'avaient refoulé : sa haute taille, son pourpoint vert coupé à la flamande le faisaient remarquer dans la foule, et surtout sa trogne suspecte et ses cheveux couleur de flamme ardente... La troisième fois, ils se laissèrent convaincre et Ravaillac fut conduit devant leur lieutenant. Il dit qu'il avait des choses capitales à révéler au roi, qu'il voulait être amené devant lui. On le fouilla, on ne trouva pas d'arme, et pourtant il avait son couteau, placé le long de sa jambe, dont avec sa jarretière il avait caché le manche. Il avait une excuse toute prête : ne faut-il pas à Paris se défendre des malandrins et des voleurs ? Il aurait volontiers déposé son arme, l'aurait reprise après l'entrevue. Mais cette entrevue n'eut jamais lieu.

M. de La Force, capitaine des gardes, s'y opposa et le roi se rendit à ses arguments : il enjoignit à Ravaillac, sous peine des étrivières, de s'éloigner du Louvre et de ne plus chercher à le voir.

Sur quoi le futur assassin se rappela la maxime de saint Thomas d'Aquin : « L'homicide n'est point péché quand il se fait pour venger le peuple de Dieu » et résolut de la mettre à exécution au moment opportun. Ce moment-là n'était pas encore venu. Mais, demandèrent les juges qui avaient sur ce chapitre leur opinion précise, pourquoi avoir attendu que le roi ait reçu le sacre ? « Parce que Dieu me l'a commandé ainsi. »

Ils n'en croyaient rien et soupçonnaient bien plutôt Ravaillac d'avoir été d'intelligence avec l'un des gentilshommes qui avaient pris place dans le carrosse du roi et qui l'avaient laissé accomplir son crime.

« Ne connaissez-vous aucun d'eux ? Voici ceux qui accompagnaient Sa Majesté : Chaumont La Force, Montbazon, Liancourt, Mirebeau, Roquelaure, Lavardin et le duc d'Épernon, qui était assis dans le fond, au côté droit du roi ?

— Je n'en connais aucun, je n'ai jamais adressé la parole à l'un d'eux, sauf à M. le duc d'Épernon que j'ai vu à Angoulême comme à Paris. »

Oui, mais Épernon avait essayé de protéger le roi, avait reçu un coup de poignard dans la manche de son pourpoint, avait empêché la foule d'écharper le criminel comme elle l'avait fait pour Jacques Clément qui avait poignardé Henri III ; le duc avait ainsi permis le plus éclatant procès du monde. Comment soupçonner le duc d'Épernon ?

De toute façon Ravaillac ne l'accusait pas, il n'accusait personne, il n'accusait que lui-même de son forfait. Il en revendiquait pour lui seul la gloire et l'infamie.

Ce qu'il taisait avec une détermination farouche, c'était la façon dont il était entré en possession du poignard, ou plutôt la façon dont le poignard avait pris possession de lui. Il avouait l'avoir volé. Mais il savait bien que ce n'était pas vrai. Comment aurait-il pu réussir, vu son inexpérience et sa maladresse ?

Déjà dans son enfance, les objets lui échappaient ; au lieu de les saisir, il les enveloppait d'une prise molle, lâche. « Mon pauvre Jean-François, lui disait sa mère, avec des mains de beurre pareilles tu ne feras rien qui vaille. Apprends à lire, sinon tu ne seras jamais qu'un empoté ! »

Il se rappelait la taverne enfumée où tout s'était accompli. Dans la salle rougeoyaient des torches, l'odeur du vin vous montait à la tête. Des diables de buveurs se lançaient des défis, d'autres riaient et chantaient à qui mieux mieux. Les servantes passaient avec des brocs et remplissaient les pichets vides. Elles se dégageaient avec adresse des mains qui les tâtaient, des bras qui essayaient de les retenir prisonnières et répondaient par de grasses plaisanteries aux invites des clients. Jean-François, chaque fois qu'il avait quelque argent, aimait à s'enivrer au cabaret ; il oubliait alors sa laideur, sa solitude et s'exaltait à l'idée de la mission grandiose que Dieu lui réservait. Les taverniers d'Angoulême le tenaient pour un braillard, un énergumène, mais aussi pour un solide buveur, qui ne portait point d'arme cachée sur lui, qui ne cherchait querelle à personne, qui venait là pour le plaisir et se moquait du reste. Dans ce cabaret de Paris, personne ne le connaissait, personne ne l'incitait à parler sur ses sujets favoris, l'arrogance des protestants, la sainteté de l'Église, les projets insondables de Dieu. On le laissait boire tranquille et il se serait ennuyé ferme, si son voisin de table, solitaire lui aussi, ne s'était pris d'une vive amitié pour lui. Il l'avait forcé à partager son vin, à boire dans son verre. Il lui passait le bras autour des épaules et, tout en débitant des histoires étranges et décousues, il lui soufflait au visage son haleine aigrie par l'excès de boisson. C'était un étranger assurément ; son costume, son accent, sa mine le disaient assez, mais d'où venait-il ? Jean-François ne le devinait pas et ne cherchait pas à le savoir. Il lui suffisait de plaire. C'était bien la première fois de sa vie qu'on recherchait sa compagnie, qu'on l'accablait de caresses. D'habitude sa taille, son aspect, sa tignasse rousse, son exaltation maladive, sa tension nerveuse rebutaient les gens ; c'était justement tout cela qui charmait l'étranger, lequel, déjà bien ivre, ne contrôlait plus ni ses paroles ni ses gestes. Cette agitation tumultueuse, ces attentions dont il était l'objet, donnèrent au Français un sentiment nouveau de son importance, de sa valeur et, se laissant envahir par le vertige, il répondait avec enthousiasme aux santés que lui portait l'étranger, il s'enivrait fraternellement avec lui. Quand, tout à fait gris, marchant à peine droit, ils se quittèrent dans la rue, ils se jurèrent une amitié qui devait durer toujours, s'embrassèrent, se baisèrent les joues et les lèvres en versant force larmes. Soudain l'étranger fourragea dans la braguette de Ravaillac, et l'autre, ébahi, le laissa faire ; au moment du plaisir, le géant roux effleura par hasard la poignée du couteau que l'inconnu portait glissé dans sa ceinture. Ce poignard jaillit de lui-même de sa gaine et vint se placer dans la main de celui qu'il avait choisi comme nouveau maître. Ravaillac, voyant que Dieu lui avait fait sauter le pas décisif et que le temps d'accomplir son crime était arrivé, disparut dans la nuit, horrifié, ravi, serrant le poignard sur son cœur.

Une existence nouvelle commença pour lui. C'en était fini de la solitude : le couteau lui tenait lieu d'animal familier, de compagnon chéri, de bien-aimée. Il le regardait pendant des heures, il lui parlait, il ne s'en séparait jamais, le plaçant, de jour, dans ses chausses, à l'intérieur de ses cuisses de sorte qu'il le sentait à chacun de ses pas et la nuit le mettant sur sa poitrine comme un crucifix. C'était plus qu'un ami, plus qu'une bien-aimée, c'était le don de Dieu, signe terrestre de sa mission, c'était un talisman.

Dès qu'il l'eut examiné, Ravaillac s'aperçut que le couteau portait le nom et les armes de son ancien possesseur, et aussi une couronne. L'étranger était noble, comte ou marquis sans doute. IHR, épelait Jean-François. Le blason présentait une aigle noire sur argent et, ce qui le charmait, cette aigle avait deux têtes. Mais ce qui le charmait plus encore, c'était la couronne : il fallait que le couteau qui allait tuer un roi fût lui-même princier, royal.

Désormais il ne s'inquiétait plus de son inexpérience, de sa maladresse ; il savait que le couteau-fée, le couteau ensorcelé agirait à sa place et pénétrerait de son propre chef dans la poitrine du roi. Il n'avait qu'à se laisser porter, comme dans un rêve, et à glorifier Dieu. Il était venu à pied d'Angoulême, prêchant dans les auberges la fin du monde et la chute de l'Étoile Absinthe, mangeant à peine, dormant moins encore, soutenu par sa propre exaltation. Il était persuadé qu'en assassinant le roi, il accomplissait un acte de salubrité spirituelle, désiré par le peuple, voulu par

Dieu. Il arriva dans la capitale à l'heure où il fallait, il se perdit dans la foule surexcitée par les fêtes du sacre et la liesse était si forte que son étrange apparence ne choquait personne, qu'on l'accueillait à bras ouverts partout où il allait. Avec l'argent que lui remit une personne pieuse, il fit ripaille, il but avec les autres, sachant au fond de lui-même que ce n'est pas lui qui porterait le coup, que, même s'il vacillait ou si sa main tremblait, le couteau, lui, irait trouver la chair et le sang.

Ravaillac, bousculé dans la foule, attendit l'occasion. Elle se présenta dans la rue de la Ferronnerie qui longe le mur du cimetière des Innocents où le roi avait projeté de se rendre. La rue, déjà étroite, était obstruée par deux charrettes que l'on déchargeait. Qui s'étonne à Paris d'un embarras de voitures ? Les gardes à cheval vont voir ce qui se passe, les gentilshommes qui accompagnent le roi tendent le cou vers les charrettes et supputent la longueur de l'arrêt. Le carrosse est immobilisé devant l'auberge « Au cœur couronné percé d'une flèche », Ravaillac saute sur la borne qui flanque la porte cochère et s'agrippe à un crochet, puis surplombant le carrosse, il porte au roi un premier coup.

« Ah ! je suis piqué ! » s'écrie le souverain.

Avant que l'un des gentilshommes songe à intervenir, avec une rapidité fulgurante, surnaturelle, toute-puissante, le couteau porte un second coup, en plein poumon, avec autant de facilité que dans un mannequin, dans une botte de foin, et cela malgré le duc d'Épernon qui a levé le bras pour protéger Henri IV et essayé de dévier le coup. Le roi ne pousse pas un cri, il baisse la tête, un flot de sang sort de sa bouche.

« Sire, s'écrie La Force, souvenez-vous de Dieu ! »

Il y a longtemps que Ravaillac a sauté de son perchoir, laissé sur place le poignard et s'est enfui. La nouvelle de l'attentat se répand ; les gardes à cheval dégagent la rue, les passants épouvantés se réfugient dans les boutiques, dans les couloirs des maisons. Ils gémissent, ils gesticulent, ils tendent le poing vers le ciel. Ravaillac fait comme les autres, il se lamente, se frappe à la poitrine et s'arrache les cheveux, il pourrait se confondre dans cette masse, se terrer dans un coin obscur et s'y faire oublier ; tout s'est passé si vite que personne n'a rien vu. En tout cas, personne ne le poursuit et ne crie haro sur lui. Au moment où il va s'engouffrer dans un atelier momentanément abandonné, le couteau, son couteau, encore tout dégouttant de sang, se glisse dans sa main et, avec une force irrésistible, l'oblige à dresser le bras, à se désigner lui-même comme l'assassin du roi. Ce qu'il fait, inconscient, ivre d'orgueil, en riant d'un rire terrible. La foule gronde, se jette sur lui, va le tailler en pièces. Ravaillac n'esquisse pas un geste de défense, il veut mourir en martyr de la vraie foi, en élu de Dieu et comme son justicier. Une joie tumultueuse inonde son cœur, un sourire d'extase transfigure son visage blême. Il sait qu'on va l'immoler, il attend immobile : il est l'Agneau de Dieu.

« Ne le tuez pas ! Pas une main sur lui, il y va de votre vie ! »

Qui a parlé ? Il ne s'en soucie pas. Son sort ne lui appartient plus, son aventure terrestre a pris fin. On l'arrête, on l'entraîne. Il n'a plus désormais qu'un souci, celui de taire le secret du couteau ensorcelé qui a tué à sa place et qui l'a dénoncé en le justifiant, ce couteau qui est devenu son âme. On l'en dépouille, on le remet, horrible et sanglant, à ceux qui seront ses juges et ses bourreaux.

Deux fois, dans sa cellule, il reçut la visite de son compagnon. Il n'avait pas besoin de réconfort, tout enflé qu'il était du Saint-Esprit et de la certitude d'avoir agi pour la sauvegarde de l'Église et du royaume de France, mais la présence, le contact de l'arme-fée (comment franchissait-elle les murailles, déjouait-elle l'attention des gardiens ?) le confirmaient dans l'idée qu'il avait été l'instrument du Seigneur. Il caressait le couteau, le portait à ses lèvres et le tiédissait de ses baisers. Il croyait revoir l'inconnu de la taverne, ses yeux rieurs égarés par l'ivresse. Il aurait désiré que le poignard, ayant accompli sa tâche, revînt à son possesseur légitime dont il portait le nom et la couronne, mais comment Jean-François Ravaillac, le réprouvé aux yeux du monde, le bienfaisant aux yeux de Dieu, aurait-il pu exprimer un désir ? Il était destiné à une mort ignominieuse, au supplice de l'écartèlement, on n'écouterait aucune de ses requêtes. Il espérait qu'un poignard qui savait passer les murs de la Conciergerie retrouverait son ancien maître s'il le voulait. Le seul désir qu'il exprimât fut de se confesser, de recevoir l'absolution. Le prêtre ne la lui donna qu'après lui avoir fait jurer sur son salut éternel qu'il avait agi sans complices, de sa seule volonté. Il aurait dû avouer qu'il n'avait eu qu'un complice, ce couteau, dont la volonté avait été la sienne et qui l'avait fait passer malgré lui d'une condition obscure et décriée à la gloire de l'infamie. Il préféra garder le silence ; on l'aurait accusé de sorcellerie, c'était finir sur le bûcher.

Les flammes lui auraient accordé une fin moins atroce. Ravaillac fut écartelé après avoir eu d'abord la chair déchirée par des tenailles rougies au feu. On fit plus : on brûla la main qui commit le régicide, on appliqua du plomb et de la poix sur ses plaies, enfin il fut disloqué en quatre morceaux par quatre chevaux arrogants. Ce ne fut pas assez : ces morceaux lamentables, la populace se les disputa ; par haine ou par superstition on voulait posséder un lambeau de chair, quelques poils de la barbe ou des cheveux. On dit que les suisses du palais firent rôtir les parties nobles du cadavre et que la reine Marie assistait à cette étrange cuisine.

Le couteau fut remis au marquis de La Force qui le rangea dans le tiroir secret d'un secrétaire, où il resta longtemps. Il ne chercha pas à rejoindre son premier maître, il ne chercha pas à perpétrer de nouveaux crimes. Ceux qu'il avait commis suffisaient.

En mai 1610 il avait mis un terme à la vie du Vert-Galant, dix ans plus tôt il avait fait passer celui qui le possédait alors d'une aimable insignifiance à une notoriété entachée d'horreur. Son possesseur juvénile était un Écossais du nom de John Ramsay. Fils cadet, page à la cour de Jacques VI, le jeune homme impétueux, avide de réussite, mais incapable de maîtriser ses passions, prêt à essayer tous les vices, grand, bien découplé, et qui aurait aimé les riches vêtements, les parures flambantes, n'avait pour tout bien que son couteau de chasse. Mais quel couteau ! Lame tranchante, aiguë comme celle d'un stylet, mais courte et ramassée, impitoyable, brûlant de s'enfoncer dans toute chair qui se présentait. John Ramsay en avait fait orner la poignée de gravures ainsi que du blason familial ; il espérait bien s'en servir, et pas seulement à la chasse. Pendant ses heures de service, il caressait le manche de son couteau autant pour calmer ses envies que pour s'imprégner des pouvoirs dont il le sentait chargé.

Le roi d'Écosse n'avait pas encore remarqué le jeune homme. Le fils de Marie Stuart avait hérité de sa mère son caractère aventureux et sa témérité. Il voulait la venger et se venger aussi de ceux qui l'avaient opprimé. Comme son page, il attendait son heure en piaffant d'impatience : elle vint.

John Ramsay se trouvait de service quand Jacques VI se rendit à Gowrie House, dans le comté de Perth. On avait chassé dans l'après-midi et la poursuite avait été ardente, périlleuse, pleine d'imprévus. Le soir, au château, le page racontait à l'un de ses compagnons les péripéties de la chasse, ses rebondissements et tous les plaisirs qu'elle avait procurés et il s'exaltait en les revivant quand il entendit son roi crier au meurtre, à l'assassin. Il se précipita dans la salle d'à côté et vit son seigneur aux prises avec le Maître de Gowrie.

« Tue-le ! lui ordonna le roi. Mais attention, frappe au ventre ! Il porte une cotte de mailles. »

Sans hésiter, comme il eût fait d'un renard ou d'un cerf, John Ramsay enfonça son couteau dans le corps du Maître de Gowrie. L'arme dirigea sa main et trouva d'elle-même le défaut de la cuirasse. Il blessa à mort l'assaillant, puis il l'égorgea. Là-dessus le frère aîné de la victime, le comte de Gowrie, vint à la rescousse. Le roi Jacques ordonna à son page d'expédier aussi le comte de Gowrie, ce que fit très lestement John Ramsay, sans se poser de questions, sans s'étonner de rien. Sur l'ordre du roi, il en aurait étripé dix autres à la suite qu'il n'en aurait éprouvé aucune fatigue : son couteau connaissait les points du corps humain où la mort se glisse, inéluctable.

Pourquoi Jacques VI tenait-il tellement à se débarrasser des frères Ruthven ? Ramsay le devinait. Leur père, le premier comte de Gowrie, avait la garde de la reine Marie Stuart quand celle-ci fut emprisonnée à Lochleven. De plus, il s'était emparé de la personne de Jacques IV et l'avait retenu de force au château de Ruthven. Sans doute avait-il été ensuite décapité, mais le roi qui se méfiait des fils vengeait sur eux l'offense faite par le père. Mieux vaut se venger deux fois qu'une, songeait Ramsay tout en remettant son couteau dans sa gaine. Pour prix de son obéissance et de son efficacité, il reçut des terres et le titre de chevalier. Il reçut aussi un surnom peu flatteur, celui de tueur des deux Ruthven, mais il s'en moquait bien : il était sûr maintenant de faire parler de lui et de monter en grade. Le service rendu était d'importance aux yeux du Stuart puisque Jacques VI d'Écosse, devenu trois ans plus tard Jacques Ier d'Angleterre, donnant un démenti à la rumeur qui dit que les rois oublient vite et pratiquent l'ingratitude, se souvint de son ancien page et le créa vicomte de Haddington, et enfin comte de Holderness. Bien sûr que, de son côté, John Ramsay avait su ne pas se faire oublier : toujours remuant, toujours avide, cherchant qui tromper, qui dévorer, il excellait à triompher de ses rivaux sans avoir l'air de les menacer ni même de les inquiéter. Le nouveau pair fit ajouter la lettre H au-dessus de ses initiales et aussi une couronne. Il ne manqua pas d'en enrichir la poignée du couteau auquel il devait son élévation. Quoiqu'il possédât maintenant bien d'autres armes, plus belles, mieux ouvrées, c'était toujours ce couteau-là qu'il portait à sa ceinture. Il ne s'en séparait jamais et le regardait comme son fétiche : IHR sommé d'une couronne !

Il ne se consolait pas de sa perte. Il savait bien que c'était à Paris, dans cette maudite taverne, qu'on avait dû le lui dérober, mais à quel moment ? Car enfin, au plus fort de l'ivresse, il se serait aperçu du vol, tellement ce couteau était devenu un prolongement de lui-même, une sorte d'aiguille aimantée qui le dirigeait là où il fallait. Le voleur était-il ce grand rouquin aux yeux fulgurants que dans sa pétulante ébriété il avait serré contre lui ? Dans ce cas, il n'y pouvait rien, le poignard avait agi à sa guise, il avait voulu abandonner son ancien maître pour accomplir de nouveaux meurtres que la dignité récente de John Ramsay ne lui permettait plus. L'Écossais se sentit comme trahi par une femme bien-aimée : son couteau s'était enfui avec un autre ! Plein d'amertume, de fureur contre lui-même, il regarda une telle disparition comme le signe d'une prochaine disgrâce.

Et de fait Jacques Ier, lassé de ses intrigues et de ses déportements, finit par l'exiler. Ramsay revint à Paris, sans se douter que c'était son couteau de chasse qui avait tué le premier Bourbon. Comment l'aurait-il appris ? Les juges, qui auraient pu faire examiner les armes gravées sur le poignard trouvé dans les mains de Ravaillac, se contentèrent du fait que son possesseur légitime n'était pas, de toute évidence, le criminel et qu'on ne pouvait l'inculper. Ils remirent l'arme funeste au marquis de La Force comme au compagnon et à l'ami le plus dévoué du roi Henri. Ce couteau de chasse au destin singulier, après avoir sauvé la vie du fils de Marie Stuart, trancha celle du premier Bourbon, instrument fallacieux, jouet de l'Étoile Absinthe.

UNE ÂME EN PEINE

On disait qu'il avait cent ans ; certains s'aventuraient jusqu'à cinq cents, jusqu'à mille. Il semblait n'avoir plus d'âge, ou bien avoir dépassé son âge. Survivait-il par un effort de volonté ou grâce à une robustesse exceptionnelle ? Il n'y paraissait pas, un souffle l'aurait renversé. C'était plutôt que la mort l'avait oublié. Nous le regardions comme un homme-vestige enseveli sous la poussière des siècles. D'ailleurs n'habitait-il pas une maison-vestige ?

Certains quartiers de Paris – leur nombre diminue d'année en année – comptent encore de ces vigies du passé. Dans le district qui s'étend de l'église Saint-Paul jusqu'à la Seine et qu'on était en train de rénover et parfois de reconstruire de fond en comble, ce n'étaient que rues défoncées, maisons condamnées ou grossièrement étayées. Les travaux duraient depuis longtemps, la guerre de 1939 les avait interrompus et tel échafaudage devant l'hôtel de Sens, telle couverture de tôle sur l'hôtel d'Aumont, en place depuis une ou deux décennies, avaient fini par s'intégrer aux bâtiments. Les hostilités une fois terminées, la restauration de cette partie du Marais aurait pu reprendre, mais les crédits manquaient.

Outre les hôtels patriciens, on avait sauvegardé des porches, des fragments de cloître, des fontaines, tout ce qui intéressait l'art ou l'histoire, le reste avait été abattu ou bien, promis un jour à la pioche, se dressait derrière des chevaux de frise et des treillages barbelés. Sur les terrains vagues où béaient des entrées de cave ou de souterrains s'élevaient des baraquements pour des ouvriers qu'on ne voyait jamais. Sur ces lieux sinistres où le vent soufflait avec aigreur, les soirs d'hiver quand nous sortions de classe, l'obscurité tombait, définitive.

Deux fois par jour, nous les traversions pour nous rendre au lycée Charlemagne : nous les avions explorés dans le moindre recoin. Pas une maison, malgré les poteaux qui en barraient l'entrée, qui ne nous eût servi de repaire, pas un trou, de cachette. Nous y jouions aux Indiens, aux gangsters, aux grognards de Napoléon selon notre caprice et les hasards de nos lectures. C'était un endroit béni pour les attaques sauvages et les défenses héroïques. Tout exaltés par ces prouesses, nous nous glissions dans les souterrains où, le cœur tapant dans la gorge, nous nous tripotions avec frénésie.

Dans l'une de ces maisons, préservée pour son ancienneté, mais vide de locataires, et dont un appareil de poutres retardait la décrépitude et la ruine, maison de la fin du Moyen Age si l'on en jugeait par son escalier à vis et sa tourelle, avait élu domicile l'étrange créature qu'on se plaisait à croire plus que cinq fois centenaire. C'était du moins ce que nous affirmaient les commerçants de la rue Saint-Paul.

Il ne gênait pas nos jeux, même nos jeux interdits dont nous le faisions l'involontaire témoin, car il passait ses journées accroupi, ramassé sur lui-même, sous la vis de l'escalier. « Hé ! Grand-père Escalier ! » lui criait-on. Il ne répondait pas. Les petits enfants, pas plus que nous, n'éveillaient son intérêt. La jeunesse, dont il avait dû perdre jusqu'au souvenir, le scandalisait sans doute. Même les chiens ou les chats, providence des vieillards, ne le faisaient pas broncher.

Où allait-il la nuit ? Dormait-il sur les bouches d'aération du métro, enveloppé dans du papier journal ? Protégé par une couverture, restait-il acagnardé sous l'escalier ? Personne ne se souciait de le savoir. L'odeur de son réduit était infecte, celle du clapier et du trou de souris. C'était cette pestilence qui provoquait nos injures, nos quolibets et aussi, par une bizarre loi de compensation, notre sensualité. Il n'y portait nulle attention, continuant à somnoler, à rêvasser, à penser peut-être. Était-ce un autre Diogène qui préférait un escalier à un tonneau ? Un ermite, un prophète, un poète dépenaillé, à demi fou ? Un clochard comme on en voyait tant dans le quartier ? Les autres portaient toujours un litre de vin dans la poche de leur manteau crasseux. Nous n'avions jamais vu Grand-père Escalier boire ni manger. Cette énigme nous irritait. Comment pouvions-nous la résoudre puisque, sans se départir de sa bonhomie un peu niaise, il ne répondait jamais à nos provocations ?

Il ne nous répondait pas, mais il lui arrivait parfois de parler. Il parlait tout seul, c'est-à-dire qu'il s'adressait à des ombres, et ces êtres surgis de l'au-delà et visibles à ses seuls yeux devaient l'importuner, car ses cheveux blancs, plats et sans vie, se dressaient sur ses tempes et sa figure basanée, couleur de vieux cuir, s'empourprait. Interdits, vaguement dégoûtés, nous suspendions nos jeux et le regardions avec horreur. Sa voix, détimbrée par le temps, passait d'un registre à l'autre sans raison, au beau milieu d'une phrase : on aurait dit une âme en peine qui remontait des profondeurs du passé. Il lui arrivait d'ânonner, de bégayer, ou au contraire de parler de façon torrentielle, presque incompréhensible et les mots dans sa bouche chevauchaient, bataillaient, se dévoraient les uns les autres. Nous l'écoutions dans l'épouvante et le tremblement. Il rappelait des crimes obscurs qu'on n'avait pas vengés et qui réclamaient le châtiment céleste, des actions honteuses et sanglantes qui s'étaient passées dans la maison et dont personne n'avait eu connaissance. Comment savait-il, lui ? Les avait-il découvertes par lui-même ? Lui en avait-on confié le secret ? Nous étions trop naïfs pour élucider pareils mystères : Grand-père Escalier délire, il invente, il débloque, il retombe en enfance, pensions-nous. N'empêche qu'en l'écoutant vaticiner, nous perdions la notion de l'heure, de la saison, la puanteur du réduit cessait de nous offusquer et nous entendions à travers ses paroles le galop des chevaux de l'Apocalypse. Nous croyions même voir rouler jusqu'à nos pieds les pierres que leurs sabots détachaient de la maison en ruine. Une fois il nous retint plus longtemps que de coutume.

« Le feu de la Bête infecte l'air », criait l'énergumène et sa voix haut perchée tombait tout à coup aux notes les plus graves. C'était la rumeur des souterrains et des tombeaux qui pénétrait en nous. Nous nous serrions les uns contre les autres. De la bande habituelle ne restaient que les plus téméraires, trois ou quatre au plus qui faisaient profession de ne rien redouter. Fascinés par le dément, nous buvions ses paroles. « Tout va périr, tout est déjà mort ! La terre tourne à l'envers, les océans se vident dans les cieux, nous nous brisons le crâne sur des rochers au milieu des poissons qui agonisent. L'autre monde, l'autre monde, comment est-ce fait, l'autre monde ? Est-ce un bon pays avec des rivières, et des vallées ? Ou bien Satan l'a-t-il desséché comme il a dévasté celui que nous connaissons ? Ruines, ruines sur ruines, tout n'est que ruines... »

Ses cris s'achevèrent en grommellements, en éructations, hoquets et murmures. Il reprit son immobilité sépulcrale et se confondit si bien avec les marches qui s'enroulaient en spirale que les lignes de pierre passèrent sur lui et dans une succion irrésistible l'absorbèrent dans la maçonnerie.

C'en était trop. Ce que nous venions de contempler, de subir nous obligeait à réagir. Je ne sais lequel d'entre nous suggéra que Grand-père Escalier était un sorcier, un maudit responsable de nos échecs en classe, de notre ignorance, de notre paresse. Des cinémas, installés dans des cafés-concerts du siècle dernier, inconfortables et décrépits, mais fort bon marché, passaient des films d'épouvante qui complétaient notre instruction. Nos professeurs niaient l'existence des spectres et des vampires, mais l'écran nous révélait les abominations du comte Dracula et de ses suppôts. Notre vieillard appartenait-il à cet ordre détestable ? Suçait-il le sang de ceux qui s'aventuraient la nuit dans son antre ? On ne le voyait jamais ni manger ni boire, mais il supportait la lumière du jour et, si décharné qu'il fût, et même cadavérique, semblait appartenir au monde des vivants. Il fallait trouver une autre explication et malgré nos efforts nous n'en trouvions aucune.

Je recourus un jour à un piteux expédient : je menaçai le bonhomme avec un bâton. Non que j'eusse plus de méchanceté que les autres, mais parce que je voulais sauver la face. Il me suffisait d'être incité pour aller de l'avant.

« Eh ! Grand-père Escalier, sors de ta tombe ! Viens te battre avec moi ! »

Il secoua sa somnolence, me dévisagea et me voyant le bras levé, dans l'attitude d'un bandit des grands chemins, se décida à me parler.

« Pourquoi me tourmentes-tu ? Tu es bien plus proche de moi que tu ne supposes. Tu es une ombre, toi aussi... »

Sur l'instant je ne compris pas ce qu'il voulait dire, mais je retins ses paroles, mystérieuses et simples.

Il ferma les yeux, laissa échapper quelques mots inintelligibles, sourit niaisement, puis se rendormit et ronflota derechef. Décontenancé, je sortis à reculons sans cesser de le regarder, essayant de comprendre ce qui venait de se passer. Je rejoignis les autres qui m'attendaient avec impatience.

« Alors ? demandèrent-ils.

— Rien. »

Je mentais, mais que pouvais-je leur dire ? Nous n'en étions pas plus avancés, la nature de l'énigmatique personnage restait impénétrable. Plus nous cherchions à la percer, plus son ascendant sur nous se manifestait avec une malfaisance accrue : trous de mémoire pendant la récitation des leçons, compositions manquées, punitions, punitions... Nous fixions sur lui notre rancune et notre peur, notre angoisse augmentait. Nous avions beau essayer de nous en libérer dans les souterrains en redoublant de frénésie, le remède dérisoire ne faisait que rendre notre misère plus aiguë. On recourut alors aux grands moyens : quel crime y aurait-il à pousser dans l'autre monde un être dont l'existence ici-bas semblait un défi aux lois de la nature ? Ni famille ni amis, qui le pleurerait ? Décision fut prise de jeter sur lui un paquet de loques et de vieux vêtements abandonnés dans les terrains vagues : à bout de souffle qu'il était, il étoufferait sûrement avant de réussir à s'en débarrasser. Les trois plus décidés, les copains favoris que j'appelais mes brigands, se joignirent à moi. Chacun eut à cœur de lancer des chiffons et des hardes sur l'oiseau de mauvais augure pétrifié, devenu grès et calcaire sous la vis de l'escalier. Mais son inconcevable longévité devait le protéger contre tout attentat, car le lendemain il était couché sur les hardes dont nous avions voulu l'accabler et s'y prélassait comme sur un matelas.

Partagés entre le rire et la fureur, nous n'étions pas très fiers de nous et nous ricanions assez bêtement. Mes trois complices s'éclipsèrent et je restai devant le gisant. Il ouvrit un œil, puis l'autre, secoua les lignes de pierre qui l'enserraient et tendit le bras dans ma direction. Je crus qu'il allait me saisir et m'entraîner dans sa prison minérale. Je voulus fuir, mais j'étais comme fixé sur place. Son index blême, raidi, glacé atteignit ma main inerte et je ne sais comment il glissa dans ma paume un papier épais et racorni, puis il reprit son attitude habituelle sans plus se soucier de moi. Liberté de mes mouvements me fut alors rendue, je me hâtai de déguerpir, tout en serrant dans ma main ce qu'il m'avait remis. Je sentais bien que cette connivence, tout involontaire qu'elle était de ma part, me liait à lui plus que je ne croyais, pour toujours peut-être. Cette découverte m'emplit de malaise : je rangeai le papier sans l'examiner dans une boîte en fer-blanc qui me servait de trésor secret.

Dépités de l'échec de notre tentative, mes copains ne parlaient que de revanche. Il fallait aller jusqu'au meurtre. Mais c'étaient propos fanfarons ; on y regarde à deux fois, même à treize ans, avant de franchir le pas. D'autant plus que le fantôme de l'affreux vieillard pouvait fort bien venir ensuite nous obséder. Que faire ? Tous se tournaient vers moi et j'étais celui qui gardait un silence qu'ils ne comprenaient pas. Je ne voulais plus me venger sur Grand-père Escalier, je m'étais pris pour lui d'une sympathie bizarre qui m'incitait maintenant à le protéger plutôt qu'à hâter son départ vers d'autres rivages. Je me gardais d'ouvrir mon cœur et de découvrir ces dispositions nouvelles à aucun des conjurés de la petite bande, même à aucun de mes brigands. Soupçonnant que je leur cachais quelque chose, ils me regardaient d'un drôle d'œil. Heureusement les vacances d'été arrivèrent. Chacun s'en alla de son côté.

Le matin de la rentrée, branlebas de combat dans le quartier : malgré les étais, la maison où gîtait le détestable occupant s'était effondrée. Seul l'escalier avait tenu bon. Une fois les gravats déblayés, on avait retrouvé intact, sans une égratignure, le corps fragile du centenaire. Seulement il ne respirait plus, il était vraiment devenu un gisant de pierre. Il ne fut question que de l'événement. Les explications les plus extravagantes se donnèrent libre cours. Nos professeurs, d'habitude si peu enclins à commenter ce qu'ils appelaient des faits divers et tellement retranchés dans leur rationalisme qu'un miracle accompli sous leurs yeux ne les aurait pas fait ciller, furent intrigués par cette mort si peu raisonnable et s'expliquaient là-dessus avec autant de pétulance que les marchandes des quatre-saisons de la rue Saint-Antoine. On rappela que dans les ténèbres de l'âge gothique il était arrivé qu'on jetât dans les fondations quelque apprenti plâtrier ou maçon afin de garantir à la maison durée et stabilité par une sorte d'horrible marché : la vie d'un homme contre la vie d'une maison ! On en conclut que le singulier vieillard, vu l'exorbitance de ses années, pouvait fort bien, mais on ne disait pas comment, porter témoignage de cette barbare coutume et avoir duré aussi longtemps que la maison était restée debout. D'une certaine manière il en aurait représenté l'esprit, le génie du lieu.

Je n'en crus pas un mot, j'en savais plus que les autres : tu es une ombre, toi aussi ! Par superstition et par crainte, je m'étais toujours refusé à examiner le chiffon de papier que m'avait impérieusement remis le vieillard. Maintenant la curiosité l'emportait, je me hâtai de rentrer à la maison et d'ouvrir ma boîte aux trésors. Mes doigts tremblants saisirent le document. C'était un fragment de parchemin jauni, éraflé, enroulé sur lui-même ; je le lissai, l'aplanis et après beaucoup de peine, parvins à déchiffrer ce qui s'y trouvait gravé comme par une langue de feu : c'était un nom qui ne me disait rien, Nicolas Flamel, et une date, 1418.

LES LARMES DU CHÂTEAU D'OUBLI

Le temps qu'elle ne consacrait pas à l'étude et à la prière, elle se tenait à sa fenêtre et regardait, regardait jusqu'à en avoir le vertige. C'était le seul divertissement à sa portée. Non pas qu'on la tînt prisonnière dans sa tour, mais cela revenait au même : si elle était sortie, où serait-elle allée ? A des lieues alentour, ne s'élevait ni ferme ni hameau. Cette tour était son domaine, elle devait s'en contenter. Dans l'embrasure de l'épaisse muraille, elle s'était aménagé une sorte de banquette avec des coussins et des couvertures ; quand elle ouvrait la haute fenêtre, elle pouvait s'accouder sur le rebord et regarder tout son soûl ou bien, à demi allongée sur ce lit de fortune, rêver tout en gardant les yeux fixés sur le paysage. Que voyait-elle qui l'attirait toujours ? Des montagnes, des montagnes aux crêtes grises, rougeâtres, brun-rose et couleur de bruyères ; elles se succédaient jusqu'à l'horizon, devenaient transparentes, légères et se perdaient dans l'infini. Et là-dessus un ciel immense, d'un bleu pur ou chargé de pluie, harcelé par le vent. Autour du château, des avant-monts boisés où les arbres serrés les uns contre les autres mélangeaient leurs ramures, faisant comme une couronne de silence et de mystère. Elle était née au château d'Oubli, elle y avait grandi, elle ne l'avait jamais quitté, c'était son berceau, ce serait aussi sa tombe. Elle se le disait sans effroi, n'ayant rien connu de la vie.

Curieuse tombe que cette forteresse juchée sur un éperon rocheux comme il en existe tant en pays pyrénéen. Sa particularité venait de ce qu'elle se dressait au confluent de deux rivières torrentueuses et qu'on avait l'impression que la montagne, comme si elle était animée d'une ardeur rageuse, s'était soudain cabrée. Oubli semblait tenu à bras tendus au-dessus du pays environnant. De son observatoire, la jeune fille ne pouvait voir la couleur de ces eaux rapides dont le murmure incessant avait accompagné ses jours, parce que les ressauts de la pierre lui masquaient le pied du promontoire. Selon la saison, elle les imaginait vertes ou grises, limpides ou boueuses et se plaisait en pensée à suivre leur cours capricieux. Ses promenades se limitaient au chemin de ronde, à la cour intérieure, plus rarement à la tour de guet. Elle n'allait dans le donjon où régnait sa mère que pour les repas d'apparat et les fêtes carillonnées.

Elle avait perdu son père le jour de ses sept ans : en rentrant de la chasse, une chasse où il n'avait débusqué ni sanglier ni chevreuil, aucun gibier qui pût le réjouir, comme il passait dans une des gorges creusées par le torrent, il aperçut un grand oiseau, milan ou épervier, et voulut l'abattre. Mais avant qu'il eût tendu son arbalète, un rocher se détacha des hauteurs et s'en vint l'écraser. Il mourut sur le coup. Les serviteurs ramenèrent son cadavre en le portant dans leurs bras, tant ils aimaient leur seigneur. Esclarmonde pressentit ce jour-là qu'avec son père disparaissait pour elle toute joie en ce monde, que cet oiseau funeste l'avait tuée, elle aussi. Peut-être ne devait-on pas le prendre pour cible, peut-être portait-il en lui un des fragments du sacré épars dans l'univers et Dieu avait châtié le téméraire qui avait cherché à le détruire. Depuis lors Esclarmonde n'avait pu observer sans frémir le vol de ces oiseaux qui tournoyaient au-dessus des montagnes pour fondre tout à coup sur une proie qu'elle ne distinguait pas. Le lièvre ou le faisan qui mourait mourait comme son père, broyé par ses serres puissantes comme il avait été broyé par le rocher.

Elle avait tout perdu en le perdant ; sa mère la détestait qui voyait en elle le signe vivant de son égarement, le rappel constant de sa faute. Car c'était une faute pour l'ambitieuse Marquesia que d'avoir épousé cet insignifiant seigneur d'Oubli qu'elle avait trouvé beau, et même attirant, mais qui n'avait aucune envie de s'élever, qui n'aimait que la chasse et les joies de la famille. C'était lui qui avait joué avec sa petite fille, qui l'avait serrée sur sa poitrine en lui caressant les cheveux, en l'appelant ma toute belle, mon sucre et mon cœur. Jamais la châtelaine, devenue maître tout-puissant de la forteresse, ne lui avait donné une marque d'affection, un signe d'intérêt. Les servantes, paralysées par la crainte, l'habillaient sans lui parler, la servaient sans lui dire autre chose que l'indispensable. Même le chapelain chargé de l'instruire, homme fanatique et rude, aurait cru déchoir en s'abaissant jusqu'à l'enfant. Il lui tenait des discours qu'elle s'efforçait de comprendre, elle posait des questions pour le plaisir de l'entendre parler. Elle avait soif de s'instruire pour se rendre digne de ce père qu'elle ne verrait plus, qu'elle suppliait de lui venir en aide et, fantôme secourable, de lui apparaître. « Je n'aurai pas peur, lui disait-elle, pourquoi me voudriez-vous du mal ? Quel mal m'avez-vous jamais fait ? Vous m'apportiez de la bruyère, de l'aubépine, des rameaux de houx. Rien ne pousse à Oubli. Vous le savez bien, mon père. »

Retranchée dans son orgueil, la comtesse ne desserrait les lèvres que pour donner des ordres, rendre la justice et se confesser. Elle était si fière des alliances contractées par sa famille avec les maisons de Portugal et de Castille que c'est à peine si elle condescendait à se parler à elle-même. Le monde l'offensait ; ceux qui étaient admis en sa présence ne manifestaient jamais autant d'admiration et de respect qu'elle l'aurait souhaité. Seul son miroir avait le privilège de la contenter, seul il savait combien elle était belle, glorieuse, unique, l'étoile de ces montagnes inhospitalières aux habitants incultes, plus sauvages que les bêtes sauvages.

Ce miroir confident, le plus grand qu'on eût pu faire venir de Venise, n'était pas un instrument magique qui pensait et qui parlait. S'il tenait lieu de tout à la dame de céans, c'est qu'il se bornait à refléter son image. Quand on se considère comme l'élégance et la beauté, avec qui serait-on mieux qu'avec soi-même ? Aussi la comtesse d'Oubli avait-elle placé son miroir dans une salle exiguë qui dépendait de sa chambre et dont elle avait interdit l'entrée à âme qui vive. C'était là son seul luxe. Elle ne possédait ni pierreries ni vaisselle d'or et ne s'en souciait pas, le souverain bien consistant pour elle dans l'éclat de sa beauté et dans la noblesse de sa race.

Le seul défaut de ce diamant sans pareil, c'était d'avoir épousé un homme sans envergure et, pis encore, d'en avoir eu une fille qui lui ressemblait : mêmes traits incertains, même air naïf et modeste... Ah ! si elle avait hérité de sa mère ces yeux noirs et brillants, cette désinvolture, cette grâce...

« Esclarmonde, lui dit-elle un jour, vous ne méritez pas de vous appeler ainsi. Il faut avoir en soi toute la clarté de l'univers pour porter un tel nom. Il est vrai que c'est votre père qui l'a choisi pour vous. Que savait-il du monde et de sa lumière ? »

Car, à la façon d'un religieux qui se flagelle chaque soir pour faire pénitence, dame Marquesia se mortifiait sans cesse en pensée pour expier la faute inexpiable, cette mésalliance avec un obscur seigneur pyrénéen. Comment avait-elle pu tomber dans cette frénésie ? Comment son père, ses frères ne lui avaient-ils pas interdit cette union ridicule ? Et c'était elle, Marquesia, qui avait désiré ce mariage, désiré cet homme, désiré ses baisers, ses bras et son lit ! Voilà ce qu'elle ne se pardonnait pas. Elle avait dû perdre l'esprit. En y réfléchissant bien, elle n'avait pas perdu l'esprit, et c'est là ce qui la désespérait. Quand elle avait jeté son dévolu sur ce bel homme avenant et gracieux, elle avait espéré qu'il serait comme de la cire entre ses doigts, qu'elle en ferait ce qu'elle voudrait puisqu'il lui devrait tout, son élévation et son importance. Ce château d'Oubli dont il n'avait pas l'air de soupçonner la valeur était un lieu que la cour de France et la cour d'Aragon se disputeraient pour peu que son possesseur fît mine de vouloir intriguer. Et dame Marquesia, forte des appuis que sa famille trouvait aussi bien chez les rois de Navarre que chez les comtes de Foix, se piquait de mener une politique qui eût inquiété tout le monde. Hélas ! Il aurait fallu pour cela que son mari se souciât d'autre chose que de chasser en forêt, de caresser sa femme et sa fille ! Il aurait fallu épouser un aventurier, une manière de loup, elle avait épousé un homme paisible, loyal à son suzerain, que rebutaient l'intrigue et la dissimulation ! Voilà pourquoi la comtesse d'Oubli vengeait sur sa fille sa désillusion et sa rancœur. L'homme qu'elle avait choisi l'avait déçue. L'enfant qu'il lui avait donné devait payer cette mortifiante aventure.

Plus le chapelain vantait la douceur et la piété d'Esclarmonde, plus la comtesse s'en dépitait : elle aurait eu de meilleures raisons pour maltraiter sa fille si l'enfant s'était montrée espiègle, paresseuse, violente et désordonnée. C'est une dissimulée, se disait-elle, elle cherche à se faire valoir aux yeux du bonhomme. Il ne sait rien en dehors des choses de Dieu, c'est un rustre. Cette masque, cette rusée n'a pas de peine à le duper, mais moi je la surprendrai en flagrant péché, que je lui ferai expier avec des larmes de sang! On ne trompe pas la comtesse Marquesia comme on trompe le chapelain!

Ce bonhomme, qui n'avait rien à voir avec les bonshommes de jadis qui parcouraient l'Occitanie en administrant le consolamentum cathare, était un montagnard aussi dur que les rochers qui soutenaient le château d'Oubli. Il avait pris à tâche, c'est-à-dire pour lui à cœur et à foie, d'instruire Esclarmonde et s'était peu à peu passionné pour ce devoir qui faisait aussi partie de son ministère sacré. L'enfant d'hier était devenu une jeune fille exaltée, scrupuleuse, dont l'isolement avait affiné les qualités d'esprit et de sensibilité. Le chapelain s'était piqué au jeu. Il croyait que la comtesse voulait que sa fille reçût une éducation solide à seule fin d'éveiller l'intelligence d'une fille qui devait un jour commander en ces lieux, alors qu'elle n'y voyait que vanité et voulait en tirer profit. Esclarmonde, à défaut de beauté, d'allure et de noble comportement, devait faire honneur à sa mère. Le chapelain lui donnait à apprendre par cœur des passages des Écritures et des Pères de l'Église; ils les commentaient ensemble, Esclarmonde énumérait ensuite les réflexions que ces textes lui inspiraient : il les corrigeait, les enrichissait de sa propre expérience. Caractère dogmatique et ingénu, il ne savait que ce qu'il savait et voulait s'en tenir à cet acquis. La jeune fille l'embarrasssait souvent en lui posant des questions auxquelles il ne s'était pas préparé et que les textes suggéraient pourtant. Un jour elle lui demanda, elle qui n'avait vu que de loin les forêts, qui n'avait jamais contemplé la surface d'un étang ni le ruissellement d'un cours d'eau, à quoi ressemblait l'océan. Le chapelain, qui n'avait jamais quitté le pays, n'en savait pas plus qu'elle. Il s'en tira par une comparaison :

« L'océan est vaste comme le ciel. Au début des temps, l'Esprit de Dieu a plané sur les eaux.

— Est-ce qu'il contient aussi des étoiles ? »

Le prêtre réfléchit.

« Oui, ce sont les îles.

— Sont-elles aussi brillantes que nos étoiles ?

— Elles sont vertes et parfumées. »

Esclarmonde se mit à rêver.

« Mais alors, ces îles annoncent le Paradis ?

— Certains auteurs ont placé le jardin d'Éden dans une île, mais les Écritures disent qu'il se trouvait entre deux fleuves larges et limoneux qui le fertilisaient sans cesse. »

Une soudaine tristesse s'abattit sur la jeune fille.

« Je n'irai jamais au Paradis, je n'en vois pas autour de moi !

— C'est pour l'autre vie qu'il vous est promis, cette autre vie où vous retrouverez votre père. C'est là-bas qu'il vous attend.

— Et c'est ici que sa présence me réconforterait. J'ai tellement besoin de lui ! Je l'appelle, il me manque et je sens qu'il est si loin de moi ! »

Cette amère réflexion la fit éclater en larmes.

« Votre père veille sur vous, n'en doutez pas !

— Je voudrais le voir, je voudrais lui parler ! »

Le chapelain se gratta l'oreille : l'Église interdit l'évocation des fantômes, toute communication avec l'au-delà. Mais le Christ n'est-il pas apparu à Marie-Madeleine, à Thomas... ? Il chassa l'objection : le

Christ n'est pas un mort comme les autres, il est ressuscité.

« Il n'y a que la prière qui nous unit à nos morts. Priez avec moi, ma fille. Nous sommes dans la troisième semaine de l'Avent, Dieu exauce ceux qui souffrent dans l'attente et qui se préparent comme il faut à la fête de Noël. »

Ils dirent ensemble le chapelet, lentement, saintement, tandis que la chambre d'Esclarmonde grandissait à mesure que se ternissait le bref après-midi d'hiver. Le feu couvait dans l'âtre.

« Où sommes-nous ? demanda la jeune fille comme si elle sortait d'un songe.

– Sur cette terre pour y porter notre croix, dit le chapelain d'un ton bourru. Dieu n'aime pas les songe-creux.

– Qu'Il me pardonne ! Je ne croyais pas commettre une faute.

– Tenez-vous-en à votre tâche quotidienne, faites avec conscience ce que vous avez à faire. Dieu pourvoit au reste, c'est Lui qui a la charge de votre âme. Ne troublez pas votre père selon la chair par des plaintes et des supplications, il ne peut venir jusqu'à vous... Quant à votre avenir, la comtesse votre mère en prendra soin. »

Esclarmonde eut envie de dire : hélas ! Elle s'imposa le silence. Le chapelain la bénit avant de la quitter.

⁂

Cette année-là, le repas de Noël se déroulait comme de coutume, selon une ordonnance morne et guindée.

La présence de la comtesse glaçait tout mouvement spontané. Elle occupait le haut bout de la table, le chapelain lui faisait face à l'autre extrémité. De chaque côté, rangés par ordre de préséance, ceux qu'elle conviait à la festivité et qui n'avaient qu'un désir, une fois le repas commencé, celui de le voir s'achever au plus vite afin de regagner leur logement particulier. C'étaient les chevaliers et les sergents d'armes qui assuraient la défense militaire du château. Seules les épouses légitimes étaient invitées à la table seigneuriale. Esclarmonde, qui était assise à la droite du chapelain, les regardait avec curiosité ; l'état de femme mariée ne lui semblait guère enviable ; si recluse et studieuse que fût son existence, elle n'en désirait point d'autre. Les ardeurs de l'amour ne l'avaient pas troublée.

Un incident vint rompre la pesante monotonie de la fête : on annonça l'arrivée de trois pèlerins qui demandaient à être reçus pour l'amour de Dieu en ce saint jour de Noël. Dame Marquesia inclina la tête en signe d'assentiment et les convives se serrèrent pour faire place aux pèlerins. Ils se rendaient à Saint-Jacques-de-Compostelle pour accomplir un vœu. On jugeait bien, d'après leur apparence, qu'ils venaient du nord de la France, de Champagne ou de Picardie, et leur façon de parler confirmait cette supposition. Le plus jeune des trois, qui par hasard se trouvait placé à côté d'Esclarmonde, ne disait rien. Il avait les yeux très clairs, les cheveux très blonds, la barbe un peu plus foncée, la peau hâlée par les grands chemins et par le vent. Il différait tellement des Pyrénéens bistrés, noirauds et trapus qu'Esclarmonde ne pouvait s'empêcher de le dévisager. Elle lui trouvait une beauté étrange, il semblait venir d'un autre monde, il était comme une apparition. Les pèlerins plus âgés dirent que leur compagnon de route était originaire du nord de l'Allemagne et qu'une fois son vœu accompli à Saint-Jacques-de-Compostelle, il voulait aller jusqu'en Terre sainte.

« Attention aux corsaires de Barbarie ! » dit la comtesse. Sur quoi, son regard se posa sur le jeune homme ; elle parut enfin s'aviser de sa présence. Tant de beauté la surprit ; elle se mit à se souvenir, à rêver. Il faudra qu'il repasse par ici, se dit-elle. Sa fille rêvait aussi. Son imagination l'entraînait des plaines du Nord, qu'elle voyait resplendissantes sous la glace, vers les déserts de Judée non moins resplendissants sous le soleil et elle se prenait de compassion pour cet étranger qui allait affronter les périls de la mer, les vaisseaux pirates et les Sarrasins. La pitié fit place à l'admiration et l'admiration à un sentiment qui devait être l'amour puisqu'elle ne l'avait jamais éprouvé. Elle sentit son cœur fondre, une enivrante chaleur envahit son corps. Ses yeux s'attachèrent sur le pèlerin ; ils se mirent à briller.

L'intérêt qu'il suscitait n'échappa pas au jeune homme ; lui aussi, il était curieusement ému. La douceur, la naïveté d'Esclarmonde le charmaient. Il aurait voulu le lui dire, mais il ne savait pas plus le français que l'occitan. Il s'entretint avec elle en latin ; elle ne savait de cette langue que les mots contenus dans le *Pater noster* et dans l'*Ave Maria.* Elle devina pourtant ce qu'il voulait lui confier, ils échangèrent des regards qui traduisaient leur stupeur, leur désir de se connaître, leur espérance de se revoir. Elle s'inquiétait déjà : quels péchés avait-il commis, quels crimes peut-être, pour aller en chercher si loin l'absolution ? Il avait l'air si franc, si généreux, un peu farouche, mais cette fierté douloureuse ajoutait à son charme. Il ne ressemble pas à un brigand – se dit Esclarmonde sans songer qu'elle n'avait jamais vu de brigand – ni à un corps sans âme, à un ange déchu. Alors elle lui sourit d'un sourire irrésistible, comme si elle cédait à une puissance inconnue. Elle étincela un instant et ce rayonnement fugitif le toucha au cœur. Quand ils se levèrent de table, il trouva le moyen de lui serrer les doigts avec violence à l'insu de tous les convives.

A la chapelle où tous les gens du château assistaient aux vêpres, Esclarmonde s'agenouilla près de sa mère, devant l'autel, et n'osa pas se retourner pour voir où se trouvait l'étranger. En proie à un grand tumulte intérieur, elle pria le ciel de lui permettre de revoir cet inconnu aux yeux clairs.

Elle ne sut jamais comment, à la fin de l'office, il s'approcha d'elle à la faveur du brouhaha et lui glissa dans la main une coquille. *« Anno proximo ad natalem diem »*, lui souffla-t-il. Il reviendrait l'année prochaine vers Noël, elle répéta les mots pour montrer qu'elle les avait saisis. Il ajouta une phrase qu'elle ne comprit pas, mais où elle distingua *lacrimas*, trop proche de *lagremas* pour qu'elle n'y reconnût pas le mot *larmes*. Elle le regarda, interdite. A cet instant, ils furent séparés par le chapelain qui, après avoir dépouillé ses vêtements sacerdotaux, s'apprêtait à reconduire Esclarmonde dans sa tour. Elle cacha le cadeau dans un pan de sa robe, inquiète, perplexe, ravie pourtant. Ce n'était pas la coquille que portent les pèlerins de Saint-Jacques, mais comme une réduction, plus précieuse et délicate. Où placer le talisman ? Elle ne possédait ni coffret ni armoire où le dissimuler. Il fallait pourtant le mettre en lieu sûr : l'étranger lui avait donné cette coquille par amour, assurément, afin qu'elle pense à lui, afin que la vue de cet objet sans valeur et d'un prix infini lui parle de celui qui devait revenir avant Noël... Elle finit par déposer la coquille dans la niche creusée dans l'épaisseur du mur et qui lui servait d'oratoire. Le chapelain y avait dessiné un crucifix, deux traits charbonnés en forme de croix : elle plaça la coquille en dessous comme récipient pour l'eau bénite. Les servantes crurent que c'était une idée du prêtre ; quant à lui, il ne remarqua même pas la présence du frêle coquillage, pas plus qu'il ne vit malice quand son élève lui demanda de lui enseigner le latin.

« Bien volontiers, ma fille. Je loue votre curiosité d'esprit. Tout chrétien doit savoir la langue de saint Paul et de saint Augustin. »

Pour sa plus grande joie et par discipline spirituelle, le chapelain lisait chaque jour un passage de *la Cité de Dieu.* Il avait lui-même recopié jadis cet ouvrage dans la riche bibliothèque de Saint-Bertrand-de-Comminges, il y puisait tout son savoir, il s'efforçait de conformer sa vie aux instructions qu'il y trouvait. C'est donc *la Cité de Dieu* qui servit à Esclarmonde de livre d'étude ; elle s'y perdit d'abord, mais fit des progrès si rapides qu'elle comprit bientôt les phrases les plus simples. Le bon prêtre s'en émerveillait et lui faisait des compliments qui la faisaient rougir.

L'isolement ne lui pesait plus, et pas davantage l'indifférence de sa mère qui, instruite par le chapelain des dispositions que manifestait Esclarmonde pour l'étude de la langue latine, ne montra ni contentement ni désapprobation. Tout se passait comme si sa fille n'existait pas à ses yeux, comme si elle n'avait jamais mis d'enfant au monde. Elle avait réussi à effacer de sa mémoire le souvenir importun de son mari, elle aurait voulu en faire autant avec sa fille ; il lui fallait redevenir vierge, éclatante, impollue pour séduire l'étranger.

L'hiver ne désarmait pas. La neige persistait sur le versant des montagnes et les vents qui se heurtaient au sortir des vallées s'élevaient en colonnes tourbillonnantes. Esclarmonde, confinée dans sa tour, suivait des yeux les batailles des vents et la cohorte de nuages qu'ils aiguillonnaient et poussaient les uns contre les autres. Le brasero qu'on lui apportait rempli de charbons allumés, le feu de bois qu'elle entretenait dans l'âtre, tiédissaient à peine la chambre. Mais elle ne s'en affligeait guère, elle causait avec la coquille, ou plutôt avec celui qui la lui avait donnée. Tant pis si elle tremblait ! Ne devait-elle pas s'accoutumer au froid pour le suivre dans ces pays du Nord étincelants et glacés ? Elle prenait la coquille entre ses mains engourdies, l'animait de son souffle et de ses ondes vitales. Le coquillage, d'un rose pâle tirant sur l'ivoire, était finement côtelé ; des veinules bleuâtres striaient par endroits sa surface polie. Il semblait répandre une sorte de lumière. Il arrivait même le soir, entouré de phosphorescence, à luire au fond de la niche. Cette vision aidait Esclarmonde à s'endormir. Un espoir nouveau l'emplissait, une joie inconnue.

***

Pendant la semaine de Pâques, elle redoubla de dévotion ; avec plus d'insistance que de coutume, comme si les prières renouvelées l'incitaient à plus de hardiesse, elle demanda à Dieu non seulement de lui assurer la protection de son père, mais aussi de ramener le pèlerin près d'elle comme il le lui avait promis. Alors, tandis qu'elle tournait et retournait la coquille entre ses paumes, elle vit les parois devenir transparentes, humides, ruisselantes, et un liquide trouble s'amasser dans le fond. Elle eut l'audace d'y goûter, le trouva amer et salé comme les pleurs qu'elle versait si souvent naguère, quand elle souffrait de sa solitude. Mais ce n'étaient pas ses pleurs à elle qui remplissaient la coquille, elle était pleine de confiance et souriait. Elle se rappela qu'il avait parlé de larmes, *lacrimas* : l'avait-il prévenue qu'elle verrait la coquille se remplir chaque fois qu'il pleurerait ? que c'étaient ses larmes à lui qu'elle recueillerait, témoignage de sa fidèle pensée, de son amour ?

Esclarmonde se réjouit de la merveille, le prodige se renouvela souvent ; elle se persuada qu'elle ne se trompait pas, qu'il lui avait laissé cette coquille pour communiquer avec elle, pour lui faire connaître ses peines et ses tribulations pendant les mois où ils seraient séparés. Esclarmonde s'alarma. Pourquoi pleurait-il ? L'amour de Dieu l'attendrissait-il à ce point ? Était-ce le repentir ? Avait-il de si lourds péchés à expier ? A moins qu'il n'eût été attaqué par des brigands qui le tenaient enfermé dans un cachot, dans une grotte en attendant rançon ? « Mon Dieu, s'écriait-elle, gardez-le sain et sauf, écartez de lui les entreprises des méchants, conservez ses yeux si clairs et ses cheveux blonds ! » Puis, sans avoir conscience de son geste, elle trempait le bout de ses doigts dans la coquille et faisait sur elle le signe de la Croix. Elle sentait la paix l'envahir. S'avisant un jour de ce qu'elle faisait d'instinct, elle pensa que ces larmes ne pouvaient avoir d'usage plus saint, plus sacré, que de servir d'eau bénite.

A force de passer de la joie à l'anxiété et du ravissement à la douleur, Esclarmonde changea d'apparence. Ce n'était plus une fille timide, ignorante d'elle-même, le visage inexpressif et le corps maladroit, mais un être nouveau, énigmatique et déchiré. Tantôt, torturée par l'angoisse, elle se ramassait sur elle-même et son visage contracté s'amenuisait, on ne voyait plus que ses yeux. Tantôt elle était comme une île flottante, sur un immense lac doucement agité et chatoyant au soleil, elle se sentait verte et parfumée bien que dans son baquet d'eau claire sa servante n'eût qu'une poignée de sable pour la frotter. Il y eut du mystère dans son sourire et sa démarche s'alanguit. Dame Marquesia, qui ne regardait qu'elle-même, ne s'aperçut pas du changement, mais le chapelain, tout bourru qu'il était, finit par le remarquer. Il s'inquiéta et voulut entendre Esclarmonde en confession. Il apprit tout. Le brave homme cria au miracle et, sans songer qu'il trahissait le secret de la confession, s'en alla sur-le-champ rapporter à la comtesse le sujet de son exultation. Il se fit annoncer ; on daigna le recevoir. Jamais la comtesse n'avait vu cet homme renfrogné aussi pétulant. Elle l'interrogea du regard :

« Madame, Dieu bénit ce château, Dieu nous accorde une grâce singulière. Les choses n'arrivent que parce qu'Il le veut bien !

— Expliquez-vous. »

Il lui conta les merveilles de la coquille, il vit que la comtesse blêmissait et comprit son erreur. D'un signe de la main, elle lui signifia qu'il pouvait se retirer. Alors elle laissa éclater sa fureur et sa jalousie. Que sa laide, son insignifiante fille ait pu susciter un tel amour et un tel don, tandis qu'elle, descendante de Pierre le Cruel et de Henri le Navigateur, n'avait jamais reçu le moindre signe... c'était vraiment outrepasser les limites de ce qu'on pouvait tolérer. Dieu se moquait d'elle et ne respectait plus rien s'Il renversait les lois qu'Il avait Lui-même édictées ! Une joie méchante éclaira son reflet dans le miroir : elle tenait sa vengeance. Esclarmonde allait expier son crime : avoir osé jeter les yeux sur celui qu'elle se réservait pour elle-même !

Quand la jeune fille vit sa mère sur le seuil de sa chambre, elle n'augura rien de bon d'une visite extraordinaire : il y avait des années que dame Marquesia n'était venue en ces lieux. Celle-ci chercha des yeux l'oratoire, aperçut la coquille, s'en empara et, sous les yeux épouvantés de la jeune fille, elle la brisa sous son talon et la réduisit en poudre.

« C'est un objet ensorcelé, Esclarmonde. Quel coquillage innocent, venant des mains de Dieu, se remplirait de larmes ? Le Malin a voulu vous tenter, il mettait votre âme en péril de mort. Remerciez-moi de vous avoir sauvée. Vous mériteriez les cachots de l'Inquisition, mais ma bonté vous épargne. Vous ne quitterez pas cette chambre avant que j'aie fixé votre sort. Faites soumission à genoux ! »

Esclarmonde obéit et baisa la main que lui tendait sa mère. Puis elle s'effondra sur les dalles. La comtesse sortit sans lui jeter un regard.

Dame Marquesia ne songea pas à tourmenter sa fille dans son corps. Elle savait que ces vexations laissent l'âme libre. C'était l'âme d'Esclarmonde qu'il fallait mortifier : elle décida de la marier. Elle écrivit à ses frères et lança des courriers puis, sûre de tenir la victoire, elle alla se contempler. Le plaisir de la vengeance avivait le feu de ses yeux, elle se jugea d'une beauté si accomplie que cette approbation lui arracha un sourire. Elle, du moins, n'avait pas besoin des yeux d'un homme, fût-il prince, pour savoir ce qu'elle valait. Elle était la perfection, et sa fille n'était rien.

Esclarmonde, dans sa chambre devenue sa prison, n'avait pour soutien que son désespoir : sa mère lui trouverait le pire châtiment. Non, elle ne la livrerait pas à l'Inquisition, le chapelain témoignerait que sa pénitente n'avait commis aucun acte sacrilège, qu'aucune hérésie n'entachait sa religion. Mais la comtesse pouvait l'enfermer dans un couvent, pis encore, elle pouvait la marier. L'idée d'appartenir à un inconnu et d'être séparée à jamais du pèlerin la faisait défaillir.

Lutter ? Se défendre ? Par quels moyens ? Le chapelain lui-même ne pouvait parvenir jusqu'à elle. D'ailleurs, comment appeler l'étranger à son secours ? Elle ne savait où il se trouvait. Il y a deux principaux chemins de Compostelle, il en existe bien d'autres. Avant qu'on découvrît l'errant, si l'on devait le découvrir, la comtesse aurait depuis longtemps prononcé son verdict. Le couvent, une peine de réclusion plus ou moins longue, plus ou moins dure, Esclarmonde l'accepterait, bien qu'elle ne comprît de quoi elle s'était rendue coupable. Mais un époux, jamais ! Il ne lui resterait qu'un moyen de salut, la mort. Elle se jetterait sur les rochers. La crainte de Dieu ne l'arrêterait pas : quand on n'a pas le choix, quand l'horreur seule vous est infligée, il vous reste la force de bondir à la fenêtre et de sauter dans le vide. Cette pensée la réconfortait, et aussi la miséricorde de Dieu avec laquelle elle jurait. Mais Esclarmonde vivait dans un tel désarroi qu'elle ne sentait plus les contradictions. Des jours, des semaines, passèrent. Ce n'était plus l'été qui brûle, c'était peut-être l'automne, Noël arriverait-il avant que dame Marquesia ait pris une décision ? L'étranger aurait-il la possibilité de tenir sa promesse ? Même s'il vient, comment le laissera-t-on parvenir jusqu'à moi ? se disait Esclarmonde. Et, ne voyant pas de moyen de salut, elle pleurait amèrement. Voilà le château d'oubli, pensait-elle.

⁂

Pourtant, le bien-aimé n'était pas loin d'elle, mais, si près qu'il fût, c'était à une distance extrême puisqu'elle ignorait sa présence et que lui ne pouvait arriver jusqu'à sa prison. Quand la comtesse détruisit la coquille, il avait ressenti comme une explosion à l'intérieur de sa poitrine, et il avait perdu connaissance. L'esprit lui revint pourtant ; il pressentit qu'un malheur menaçait Esclarmonde et hâta son retour.

Il s'était présenté au château à la tombée du jour, non plus en robe de pèlerin, mais en chevalier errant. L'intendant le reçut sur sa bonne mine, personne ne le reconnut. Il voulut s'entretenir avec le chapelain, la fièvre le retenait au lit. Qui commandait en ces lieux ? Madame la comtesse d'Oubli. Il sollicita une audience. Oui, le lendemain. On lui offrit le souper et le gîte. Il resta seul avec ses pensées. Pensées tumultueuses et angoissées : Esclarmonde appelait au secours, il entendait ses cris au fond de son cœur, et il ne pouvait la délivrer. Il fit semblant de s'égarer dans le château, des gardes lui barrèrent la route. Il sentait pourtant que la jeune fille n'était pas loin de lui, qu'elle l'appelait avec une ardeur désespérée. Il finit par s'endormir, assommé de fatigue.

Il se produisit alors un événement tout simple, banal même, mais qu'on n'attendait plus : ce père, dont on avait pendant des années et des années demandé le secours, sentit que l'heure était venue et qu'il fallait apparaître. Il se dressa devant le chevalier, et lui fit signe de le suivre. Les portes s'ouvrent toutes grandes devant ceux qui reviennent de l'autre monde ; les gardes plongés dans un sommeil magnétique ne s'aperçurent même pas qu'une ombre et un vivant passaient auprès d'eux.

Quand s'ouvrit la porte de la chambre, Esclarmonde, qui ne dormait pas, sursauta. Elle s'attendait à tout, elle attendait le pire ; les heures les plus obscures de la nuit lui inspiraient de la terreur.

« Que me veut-on ? s'écria-t-elle.

– Ton bonheur. »

Une violente lumière, pareille à celle que fait surgir la foudre, illumina sa chambre : Esclarmonde reconnut son père, il portait le costume qu'il avait le jour de sa mort. Elle s'élança vers lui et voulut l'embrasser. L'ombre s'effaça devant elle, et ce furent les bras vivants de l'étranger qui la reçurent.

« *Fugamus*, dit-il, *fugamus ad aeternum*, fuyons vers l'éternel. »

Elle lui saisit la main et le guida dans le dédale du château. Les gardes, toujours accablés de stupeur, ne purent donner l'éveil. L'ancien maître d'Oubli avait lui-même abaissé le pont-levis : il fit un geste de bénédiction à sa fille et laissa son ombre se dissiper.

Où allons-nous ? se demandait Esclarmonde. Vers le nord, vers le pôle ? Montée en croupe sur le cheval de l'étranger, la jeune fille serrait à deux bras la poitrine de celui qui l'emportait. La nuit commençait à pâlir.

LES CRIS LES PLUS ARDENTS

La tempête faisait rage. Elle abattait des arbres avec leurs racines qu'elle dressait vers le ciel. Les rafales de vent pourchassaient des hardes de cerfs qui se prenaient les ramures dans les branches et bramaient d'indignation. Les oiseaux étaient muets; même les rapaces nocturnes se cachaient dans les creux des vieux ormes et les anfractuosités des rochers. L'hiver avait commencé très tôt cette année-là et les animaux, exaspérés par la faim, s'égaillaient dans les villages où les paysans les exterminaient à coups de bâton et de faux. Les loups grattaient les pierrailles avec l'espoir d'en débusquer une proie, mais ils n'en tiraient que des étincelles qui leur brûlaient le poil. Leurs voix rauques se mêlaient aux sifflements du vent qui les frustrait et les dépouillait de tout. C'était une nuit terrible pour une nuit de Noël. Elle semblait condamner par avance l'Enfant qui naissait encore une fois dans l'étable et qui devait assurer le salut du monde.

Bâtie dans une clairière, adossée à une crête de rochers, la maison d'Engelbert, chasseur de son état, résistait aux attaques du vent qui la harcelait. Il y a longtemps qu'il en aurait arraché la toiture si de larges et fortes pierres ne l'avaient recouverte. A chaque assaut la charpente geignait, mais tenait bon. Et la fumée, un instant rabattue, lançait de nouveau son aigrette verticale.

Parfois le vent s'engouffrait dans la cheminée, avivait l'incandescence des bûches de l'âtre, dispersait les braises et la cendre. Le chien, le museau pointé vers le feu, se reculait en grondant pour échapper aux flammèches.

« Du calme, Kasper ! Viens ici, lui ordonnait son maître en lui flattant l'échine. Le vent ne te mangera pas ! » ajoutait-il.

Le chasseur nettoyait son fusil. Il graissait son arme avec tendresse, sans lever les yeux. Il avait gardé ses guêtres ; comme il était nu-pieds, il avait l'air d'un guerrier barbare. Il chassait le jour, il chassait parfois la nuit, aussi habile à l'arc, à l'arbalète qu'au fusil. Il devait fournir en gibier la table de son seigneur et maître. Mais il tuait aussi pour le plaisir. Il éventrait ses victimes encore chaudes et réservait le cœur, le foie à son chien qui, planté sur ses pattes torses, l'épiait en frémissant. C'était une bête issue des grands molosses du Tibet qui excellait à la poursuite et au combat.

Ce soir-là, le chasseur était à la maison : la tempête, et aussi un reste de religion, avaient contenu sa passion. On ne chasse pas pendant la nuit de Noël. Il le savait bien et respectait la coutume, mais Kasper ne le savait pas et grognait d'impatience. La tempête excitait le molosse ; il essayait d'entraîner son maître.

Il y serait peut-être arrivé, mais la femme du chasseur faisait bonne garde. Tout en tournant et retournant le ragoût qui cuisait dans une marmite suspendue dans l'âtre, tout en tiédissant des châtaignes sous la braise, elle ne perdait pas de vue son époux et les caresses qu'il prodiguait à son chien étaient pour elle autant de pincements au cœur. Elle se rappelait les premiers temps de son mariage quand Engelbert, encore amoureux, cherchait à lui complaire. Avec le temps, sa beauté et sa blondeur s'étaient flétries, la solitude avait eu raison d'elle. Car elle avait peur dans cette maison quand elle s'y trouvait seule, et cela arrivait bien souvent. Ce soir, du moins, son mari ne sortirait pas ; elle aurait pu, le cœur en paix, préparer le dîner, regarder dormir ses enfants qui s'étaient allongés sur un banc, l'un contre l'autre, et qui s'étaient assoupis. Pourtant l'inquiétude ne cessait pas de la travailler. Tout à coup elle ne put en supporter davantage.

« Engelbert, penses-tu parfois à tes fils ? »

Il leva les yeux et la regarda sans répondre. Elle soutint ce regard qui la jugeait, qui examinait ce qui lui restait de jeunesse et de grâce. Il quitta son siège et enfila ses chaussures.

« Allons-nous-en, Kasper ! Rien ne nous retient dans cette maison ! »

Le molosse, enivré de sa victoire, posa ses énormes pattes sur la poitrine de son maître et lui lécha le visage avec ardeur.

« Assez, Kasper, assez ! » dit le chasseur. Mais il se défendait si mollement que le chien ne s'y trompait pas et redoublait de passion.

La malheureuse femme éclata en sanglots.

« Tu ne nous aimes plus, tu aimes mieux cet animal que nous !

— De quoi le brave Kasper est-il coupable ? Il lève le gibier comme pas un. Sans lui comment pourrais-je te nourrir, toi et les enfants ?

— Tu ne songes pas à nourrir ta famille, tu ne songes plus qu'à tuer ! Kasper t'entraîne, il t'accapare, il te dénature. Cela finira par nous porter malheur ! »

Le vent continuait à mener autour de la maison une ronde affreuse. Il s'insinuait entre les poutres et la charpente grinçait. La femme du chasseur se boucha les oreilles et poussa un cri.

« Engelbert, ne sors pas ! On marche sur le toit ! Quelqu'un marche sur le toit, j'en suis sûre !

— Gerda, tu délires ! C'est le vent qui remue les pierres. »

Il prit sa femme par les épaules et la secoua non sans rudesse.

« Tu es folle et pour un peu tu me rendrais fou à mon tour. Je n'entends rien.

— Engelbert, je te dis qu'on marche sur le toit ! C'est un ours peut-être...

— Veux-tu que j'aille le tuer ?

— Non, je veux que tu fasses une prière. C'est la nuit de Noël, t'en souviens-tu ? Si tu ne chantes pas un cantique avec moi, avec les enfants, le vent continuera à nous tourmenter — et le Diable t'emportera !

— Gerda, je ne crois pas à ces sornettes. Ce sont là des superstitions de bonnes femmes. Tu devrais rougir d'en parler. Est-ce que cette couronne de l'avent et cette bougie allumée ne te suffisent pas pour fêter Noël ?

— Non, cela ne me suffit pas, il faut aussi que tu chantes avec moi comme tu le faisais pendant nos fiançailles.

— A quoi bon ? Femme, je ne crois pas au Diable.

— Mais si tu crois en Dieu, pourquoi refuser de faire ce que je te demande ? Quel mal va-t-il en advenir ? Que peux-tu bien redouter ?

— Je n'ai peur de rien, tu le sais. Cesse de dire des bêtises. »

Le chien, tout en grattant la porte, aboyait de fureur. Ses cris réveillèrent les deux garçons qui, les yeux appesantis par le sommeil, regardèrent leurs parents. Ceux-ci, dressés l'un contre l'autre, ne s'en aperçurent pas.

« Engelbert, si j'ai quitté les miens pour aller vivre avec toi au fond des bois, comme une bête sauvage, ce n'est pas pour t'entendre déclarer que tu as renié Dieu...

— Je n'ai rien dit de tel ! Un homme ne parle pas de ces choses-là. Ne m'interroge pas là-dessus, Gerda, tu pourrais le regretter...

— Et que feras-tu ? Tu m'abandonneras avec les enfants ? Dieu prendra soin de nous, Il a bien secouru Agar et Ismaël dans le désert...

— Assez ! cria le chasseur en plaquant sa main sur la bouche de sa femme. Je sortirai cette nuit, si l'envie m'en prend, pas vrai, Kasper ? Si l'envie nous en prend, nous irons chasser l'ours ou le loup... »

Kasper bondit de joie en lançant de longs cris, comme des râles de plaisir. A ce moment, la porte s'ouvrit d'elle-même et livra passage à trois hommes. Une odeur de forêt et de nuit entra en même temps qu'eux. C'était le comte de Koenigstein suivi de deux piqueurs. Oui, c'était bien le comte. Du moins il en avait l'apparence. On reconnaissait son gros nez, ses grosses joues, ses grosses lèvres, son gros menton. Tout était gros en lui, et rebutant. Il alla droit vers son chasseur, écartant d'un geste de bras femme et enfants.

« Engelbert, il y a un loup qui me nargue depuis trois jours. Il déjoue tous mes chiens et quand je le tiens enfin, il disparaît. Toi seul peux l'abattre. »

Gerda se jeta à ses genoux.

« Monseigneur, pas maintenant ! Pas la nuit de Noël. Ayez pitié de moi et de ces enfants ! »

Les quatre hommes éclatèrent de rire et Kasper aboya à perdre haleine.

« Ma fille, tu as de belles nattes, dit le comte, mais tu n'entends rien à ce qui nous plaît, à nous autres. Une proie extraordinaire, voilà ce qui est digne de nos exploits ! »

L'émotion, la surprise avaient rendu à Gerda ses couleurs d'autrefois.

« Tu es vraiment belle, sais-tu !

— Monseigneur, dit Engelbert, si elle vous plaît, je vous la donne. Gerda est douce comme une agnelle.

— Pas ce soir, mon brave, nous avons mieux à faire. Selle ton cheval et pars avec nous ! »

Engelbert obéit sur-le-champ. Sans dire adieu à ses enfants épouvantés, à sa femme rouge de honte, il alla dans l'écurie, passa le mors dans la bouche de son cheval et mit au cou de Kasper un collier aux pointes aiguës afin de le défendre des bêtes féroces. Les hommes sautèrent sur leurs montures et partirent au galop. Leur meute les suivit.

Gerda les entendit s'éloigner et tout à coup n'entendit plus rien, comme si les sabots avaient cessé de marteler le sentier, comme si la forêt avait englouti chevaux et cavaliers. Le vent seul continua ses rugissements. Il ne se contentait plus de tourbillonner autour de la maison et tout soudain de se ruer sur elle ; au lieu de la frapper de front, il se redressa, saisit les poutres qui dépassaient, les secoua, les disloqua et finit par arracher le toit, par le lancer dans les airs avec les pierres qui le recouvraient. Les enfants, terrorisés, se réfugièrent dans les bras de leur mère.

« Engelbert, tu es perdu ! Jamais tu ne reviendras ! Seigneur Jésus, protégez-nous ! »

Elle voulut fuir la maison dévastée, mais avant qu'elle ait pu atteindre la porte, elle sentit la douleur la brûler, la déchirer et s'affaissant sur elle-même, entre ses deux fils serrés contre elle, perdit connaissance.

Pendant ce temps le chasseur traversait la forêt à toute allure. Jamais son cheval n'avait été plus ardent, plus effréné. Il ne touchait pas le sol et Kasper qui courait à ses côtés ne bondissait pas comme il le faisait d'habitude. Le coursier comme le molosse semblaient portés par un torrent de brume qui les entraînait à une vitesse qui donnait le vertige. Les trois autres cavaliers ouvraient la marche. Les arbres s'écartaient devant eux, les branches pliaient, les animaux surpris au gîte s'enfuyaient sans demander leur reste. Tout s'effarait devant cette troupe sinistre.

Quand elle faisait irruption dans un village, les piqueurs mettaient le feu aux granges et, si les paysans se hasardaient au-dehors pour éteindre l'incendie, le comte tirait sur eux comme sur des lièvres. Partout où passait la chasse, elle ne laissait que ruines et désolation.

Elle s'arrêta enfin sur une lande déserte. Le comte descendit de cheval, les piqueurs aussi. La meute qui suivait les environna de jappements fantômes qui peu à peu se dissipèrent dans la brume. Le comte posa la main sur l'épaule du chasseur et le serra contre lui.

« Engelbert, tu es des nôtres maintenant. Voici Heinz et Vito, tes compagnons d'armes. Ils vont te donner l'accolade. »

Le chasseur ne reconnut pas la voix de son seigneur. Il ne reconnut pas davantage ses traits qu'à la lumière fulgurante qui dardait de ses orbites il apercevait par instants dans l'obscurité. Ébahi par la stature du comte, pétrifié par son étreinte, il ne broncha pas.

« Je t'ai dit de leur donner l'accolade, répéta le seigneur inconnu. Heinz et Vito sont des amis ; tu pourras compter sur eux. »

Engelbert subit le contact des deux piqueurs. Un frisson glacé le parcourut, une odeur de pourriture le suffoqua. Pour se rassurer, il voulut caresser son chien, mais Kasper se détourna de lui.

« Laissons les chevaux. C'est ici qu'apparaît le loup dont je t'ai parlé, un loup gris avec des reflets d'argent. »

Ils traversèrent la lande sans le découvrir. De l'autre côté s'étendait une forêt d'arbres morts emmêlés les uns dans les autres et que leur enchevêtrement maintenait encore debout. Les hommes progressaient maintenant avec peine ; à la brume torrentueuse avait succédé une terre gluante qui semblait vouloir les aspirer. Heinz et Vito battaient les taillis, les branches mortes tombaient en poudre, en fumée. Engelbert excitait son chien qui flairait, qui reniflait avec fureur. Tout à coup il leva le mufle et hurla : la lune, surgie des nues qui l'occultaient, illuminait le désastre.

Engelbert, interdit, regarda autour de lui. Il s'aperçut que les piqueurs n'avaient pas de visage, que celui qu'il tenait pour le comte et traitait avec déférence n'était qu'un squelette environné d'éclairs. Il voulut revenir sur ses pas, mais ses terribles compagnons le talonnaient, le forçant à débusquer le fabuleux gibier. Il était trop tard pour rebrousser chemin. Il trébuchait, il vacillait, essayant de se retenir aux branches d'arbres qui s'effritaient sous ses doigts. Dans le silence on n'entendait que son souffle oppressé, que les coups de son cœur.

Le sol devint encore plus spongieux, par endroits un vrai marécage. Les plantes qui se décomposaient dans l'eau croupie exhalaient une odeur fétide, l'odeur dont étaient imprégnés Heinz et Vito et qui avait saisi Engelbert. Celui-ci les appela, les chercha en vain. Ils l'avaient abandonné dans ce monde empesté, déjà mort et, découverte cruelle, incompréhensible pour lui, Kasper aussi l'avait abandonné. Effaré de solitude, laissé là comme un objet de rebut, il sentit qu'il était voué à une fin lamentable. Une neige invisible se déposait sur lui qui le transformait en sapin sans racines, en animal blessé. Il cessa de marcher, paralysé par l'angoisse, sentant bien que l'instant décisif était venu. Il n'eut pas le temps de se repentir, de faire acte de contrition que déjà se dressait devant lui un loup immense, à la robe argentée scintillante de glaçons. Fasciné par la majesté de l'apparition, par la splendeur sinistre, infernale de la bête, il attendit le jugement sans bouger, sans trembler, les yeux fixés sur les yeux insondables de l'animal. Des nuées obscures recouvrirent de nouveau la lune, le loup seul étincela dans les ténèbres retrouvées. Une bourrasque de vent abattit les arbres qui résistaient encore et dissipa l'odeur d'eau croupie. Alors, à pas très lents, silencieux, solennels, le loup s'avança vers le chasseur et l'égorgea.

TABLE DES MATIÈRES

La Lumière du Nord	7
Le Pilier de l'Univers	33
La Volerie des aigles	61
L'Apparition de la rose	79
Un songe qui s'efface	129
L'Éternité fragile	155
Les Chevaux de ce jardin	171
Où se cristallise la mort	185
Une âme en peine	205
Les Larmes du château d'Oubli	217
Les Cris les plus ardents	241

L'impression de ce livre
a été réalisée sur les presses
des Imprimeries Aubin
à Poitiers/Ligugé

pour les Éditions Grasset

Achevé d'imprimer le 10 février 1982
N° d'édition, 5761. – N° d'impression, L 14334
Dépôt légal, février 1982

ISBN 2-246-27801-5

Imprimé en France